Franz et Clara

Philippe Labro

Franz et Clara

ROMAN

Albin Michel

Pour Françoise.

« L'amour, c'est ce qui se passe
entre deux personnes qui s'aiment. »

Marcel PROUST

Prologue

Tout à l'heure, en levant les yeux du livre que j'étais en train de lire, j'ai vu, par la baie vitrée ouverte sur la forêt, un papillon blanc traverser l'espace. Il tournoyait.

Un papillon ne vole jamais droit, trop léger, il ne parvient pas à maintenir une ligne continue. Il faisait donc un peu n'importe quoi, comme tous les papillons, il s'agitait de haut en bas, de gauche à droite. Cependant, nous savons bien qu'aucune espèce, volante ou pas, ne fait véritablement jamais « n'importe quoi ». Chacune évolue selon un dessein préétabli et respecte un projet, et ce papillon en avait un : il allait quelque part, à la recherche de quoi, au juste ? Mais peut-être aussi, ne recherchait-il rien, et ne faisait-il que passer, représentation parfaite de l'éphémère de toutes choses.

Pas moins fragile qu'un flocon de neige qui tombe

sur de la neige, ou que le pétale d'une fleur de cerisier vacillant sous l'effet du vent, au-dessus du lit d'une rivière. Pas moins fragile, mais pas moins évident : chaque instant de la vie se fixe en nous, au moment même où il nous échappe.

Je me suis demandé si cette créature blanche sur le fond vert de la forêt pourrait apparaître à nouveau, si le papillon reviendrait dans mon champ de vision, s'il caresserait l'air une deuxième fois. Il ne l'a pas fait. J'ai pensé que la brièveté de son passage était égale à celle de cette période de mon existence lorsque j'ai rencontré un être, plus jeune que moi, qui n'était plus tout à fait un enfant, certainement pas un homme, et que l'on ne pouvait qualifier d'adolescent. Franz, le garçon sur le banc, avec un petit sac en papier kraft posé à ses côtés.

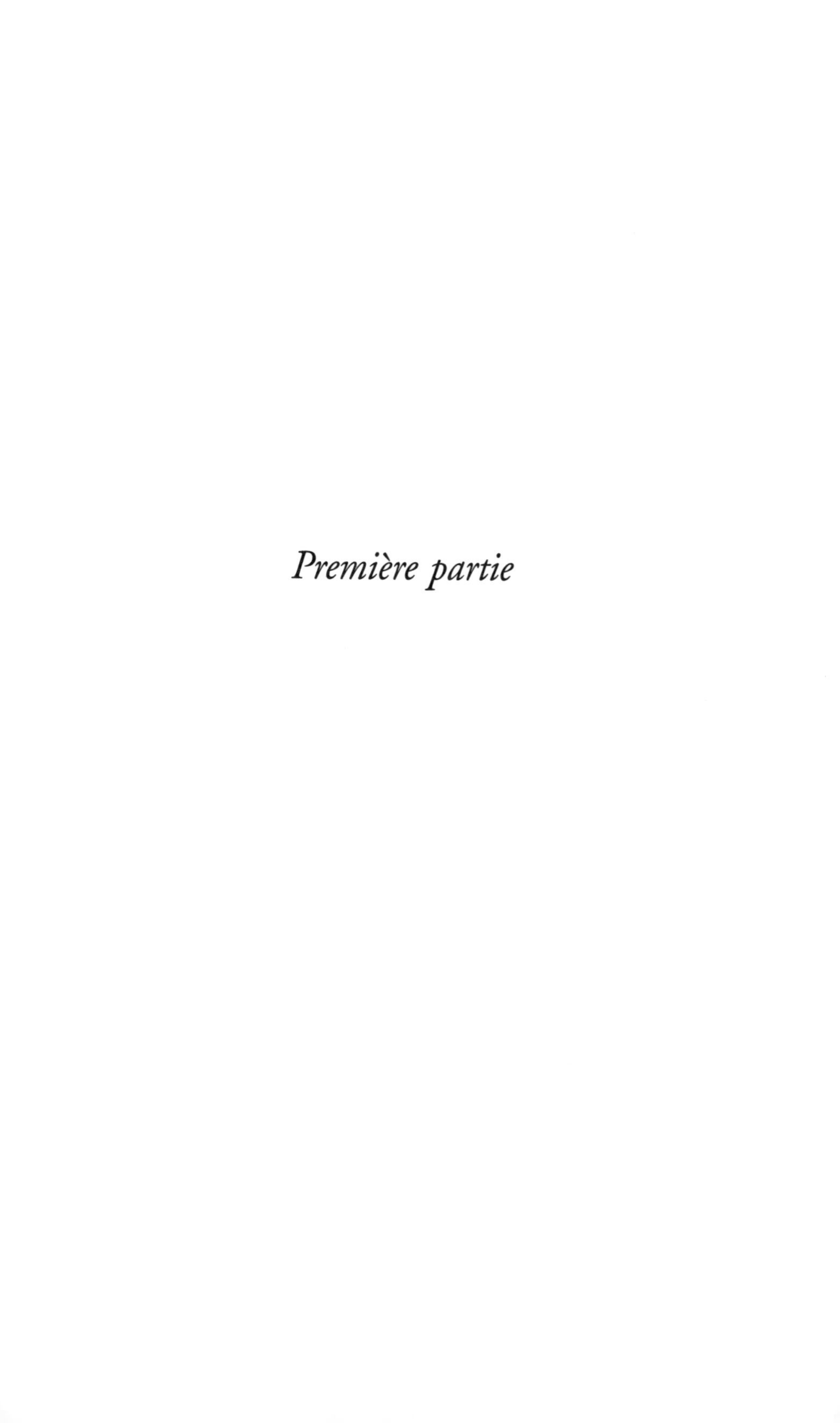

Première partie

1

Il entra dans ma vie au milieu d'une journée qui ressemblait à toutes celles que je connaissais depuis que j'avais eu le cœur brisé.

Je me souviens de chaque détail : la couleur sombre mais rassurante de l'eau du lac, et à quoi ressemblait le ciel ; le vol des oiseaux et leurs cris au-dessus des tilleuls et des acacias de la promenade, le long de la rive ; le bruit lointain, lointain et paisible et qui grandissait doucement à mesure qu'il avançait vers le débarcadère, du moteur à aubes du vieux steamer transportant les habitants de l'extrémité sud du lac, à quarante kilomètres de là, pour les déposer au cœur de la grande ville – et comment l'arrivée du bateau blanc et jaune, bien que régulière, ponctuelle, provoquait à chaque fois une agitation organisée, une fébrilité mesurée sur les quais. Les petits groupes épars de ceux qui attendaient les arrivants, et ceux qui montaient à bord pour partir en sens inverse ; un couple de bagagistes, dans leurs uniformes bleus et rouges, je revois le liseré blanc de leur casquette de toile marine ; les marchands de bonbons, la marchande de fleurs, le vendeur de journaux à la criée et, par-dessus tout, les coups de sifflet prolongés et répétés du traversier qui accompagnaient les autres gestes, rites et mouvements de la ville, avec ce son désuet et familier, ni trop strident, ni trop grave.

Comme une horloge publique sonne l'heure sur une place, le sifflet du vieux steamer marquait le passage du temps et l'égrènement de la journée. Je n'ai jamais retrouvé le son précis de cette sirène. Il s'inscrit en moi comme les glissements de l'archet sur les cordes du premier violon que m'offrit mon père lorsque je n'étais qu'une toute petite fille.

C'était une belle journée de printemps, il y avait quelques éparpillements de nuages gris dans le ciel bleu, des nuages inoffensifs. On devinait qu'ils ne changeraient rien à cette journée, ni à la présence du soleil qui faisait scintiller l'ardoise des toits et briller le métal laiteux des gouttières le long des maisons anciennes du vieux quartier de la ville, de l'autre côté des rails du tramway. L'air était doux, sans humidité, une fine brise descendait des montagnes dont on voyait clairement les contours, les masses de sapins, les pics blancs.

Depuis que j'avais eu le cœur brisé, je ne supportais plus de passer l'heure du déjeuner dans la cantine affectée aux membres de l'orchestre, musiciens, assistants, régisseurs, techniciens. Je parvenais à travailler au milieu d'eux sans difficulté dès l'instant où j'étais installée, posant la boîte noire de mon violon à mes pieds, au troisième pupitre du troisième rang de l'arc de cercle qui se forme autour du podium d'où dirigent les chefs. Répéter, reprendre, écouter, communier, corriger, revenir autant de fois que nécessaire sur telle mesure ou telle amorce, puis, au moins une fois pendant les répétitions, tout enchaîner du premier au dernier mouvement, une lecture complète, tout cela me convenait. J'oubliais. Mais, revenue à la routine quotidienne, hors de la salle, j'avais du mal à dissimuler ma tristesse. Je m'imaginais que mes camarades en étaient conscients et me regardaient. Peut-être en parlaient-ils, ou en riaient-ils. Je m'isolais. Aussi, dès que le temps a pu le permettre, je suis sortie. La salle de concert dans l'immeuble consacré à la musique est située au bord du lac. Il suffit d'une centaine de mètres pour s'y rendre.

J'allais m'asseoir sur le banc le plus proche de l'eau. Je choisissais toujours le même banc, comme si cette retrouvaille avec la même perspective du lac, la même vision de l'arrivée du même bateau à aubes venu de Vitznau, dernière étape de son lent itinéraire, pouvait servir de remède à ma fragilité. Je m'asseyais à l'extrémité droite du banc, face à l'eau, je croquais une pomme ou une banane, parfois quelques biscuits, que j'accompagnais d'une mini-bouteille d'eau minérale. Il était aux environs de midi et demi, je savais que je disposais d'une heure, peut-être un peu plus, avant de rejoindre la salle de musique. Du temps pour faire le vide, ne pas penser, me protéger du regard des autres.

C'est ainsi que, par une belle journée du début du printemps, alors que je me dirigeais vers ce que j'avais fini par considérer comme « mon banc », je m'aperçus que quelqu'un était déjà assis non pas à ma place – je m'installais toujours du même côté du banc – mais à l'autre bout, à l'extrême gauche.

Cela me surprit et m'irrita vaguement. On avait envahi mon territoire secret. J'eus la tentation d'aller chercher un autre banc qui serait vide celui-là, mais je m'étais tellement habituée à cet endroit, j'en avais fait, sans le comprendre, un tel point fixe, le lieu de mon détachement des choses du présent, que je ne pus me résoudre à faire demi-tour. Quand je m'installais là, j'ouvrais la porte invisible d'une cellule invisible à l'intérieur de laquelle je trouvais un semblant de paix. Il suffisait de quelques secondes, pour que, à peine assise, le regard posé sur le mouvement calme des eaux calmes du calme lac, j'oublie que j'avais eu le cœur brisé, j'oublie celui qui me l'avait brisé.

En m'approchant du banc, je compris que la silhouette que j'avais prise de loin pour celle d'un adulte correspondait à celle d'un jeune homme. Plus je m'approchais, plus la silhouette rajeunissait, diminuait en taille et en volume. Il s'agissait d'un garçon. Mon agacement s'atténua, alors, en partie. Comme je tenais pourtant à marquer ma distance à l'égard de celui que je prenais pour un intrus, je m'assis sans tenter de le dévisager, dirigeant mon regard vers le lac. Il me sembla que, de son côté, le garçon n'avait pas bougé et contemplait, lui aussi, l'étendue d'eau sombre. Nous devions avoir l'air malin, tous les deux, figés dans un silence artificiel, mais cela ne dura que quelques secondes. Je sentis qu'il se tournait vers moi et je l'entendis dire d'une voix claire, qui n'était pas celle d'un enfant, mais pas, non plus, celle d'un adulte :

– Ça ne vous dérange pas, j'espère, si je partage votre espace. Je suis bien conscient d'être arrivé ici avant vous aujourd'hui, mais je sais parfaitement que ce banc vous appartient. J'espère que cela ne vous dérange pas.

Je pivotai vers lui.

– Non, bien entendu, dis-je, mais comment pouvez-vous savoir ça ?

Il ne répondit pas et il sourit. Il me faudrait peu de temps pour apprendre qu'il ne répondait jamais directement aux questions qu'on lui posait. Nous nous sommes regardés, moi la jeune femme, lui le garçon, il devait avoir douze ans, pas plus – j'en avais vingt.

– Je m'apprête à déjeuner, me dit-il. Vous aussi, j'imagine.

2

Il avait un sourire aussi limpide que sa voix. Il sourit à nouveau comme pour lui-même et il exhiba dans sa main gauche un petit sac de papier brun, d'où il sortit deux sandwiches soigneusement enrobés de papier aluminium.

– Bon appétit, me dit-il.

Ce qui m'obligea à extraire de mon sac à main la pomme et les éléments de mon frugal déjeuner. Et c'était comme si ce gamin avait déjà décidé du déroulement et du partage de notre heure de liberté, face au lac.

Je pus l'examiner. Il avait un visage réfléchi, avec cette impression contradictoire d'innocence et de savoir que donnent parfois les enfants. Un front large, des yeux vert et jaune sous des sourcils noirs, épais, désordonnés, des pommettes assez hautes, un nez droit, des joues plates que venait strier son sourire lorsqu'il se décidait à sourire, et alors, chaque partie du visage se fendait en longueur, faisant disparaître ainsi une espèce de gravité pour faire place à une lumière éclatante et aussi à une intuition : on pouvait deviner déjà quel adolescent, puis quel adulte il deviendrait, et comment ce visage lui permettrait aisément de séduire n'importe quelle personne dont il ferait un jour la rencontre sans souci de convaincre et d'éveiller sa curiosité ou son intérêt. Je ne possédais à l'époque aucun moyen d'augurer de l'avenir d'un inconnu. C'est la vie qui m'a appris et permis de lire et d'écouter le langage des corps, des visages, et de discerner la promesse qu'ils portent, ou l'imposture, ou la vérité. À l'époque, j'étais essentiellement préoccupée par la seule guérison de ma douleur et si seulement aujourd'hui je peux mieux dessiner le portrait de mon voisin sur le banc, sans doute la mémoire a-t-elle fait son travail. La mémoire déforme, détruit, reconstruit. Je ne sais pas s'il ressemblait à la description que j'en fais aujourd'hui. Je me souviens très bien que j'avais été surprise par ce visage et que cela avait en grande partie balayé mon agacement devant l'intrus venu troubler mon heure de séparation du reste du monde.

Ensuite, je m'étais dit que ce garçon s'était installé là par hasard et pour un jour seulement, et que je retrouverais, le lendemain, la paix et le silence. Il était vêtu d'une sorte d'uniforme bleu avec une jaquette à boutons de métal blanc et un pantalon de toile de la même couleur. On eût dit un petit marin, je ne sais quel mousse provisoirement débarqué de je ne sais quel navire. Ses jambes touchaient à peine le sol. Il les balançait d'avant en arrière. Il portait des souliers noirs avec des boucles de métal argenté. Il acheva son court repas en disant :

– Vous n'êtes pas obligée de parler, mais je manquerais aux règles de la courtoisie si je ne vous disais pas que je me prénomme Franz-Xavier et que tout le monde m'appelle Franz.

Ce ton, cette manière presque trop adulte de s'exprimer me firent sourire. Jouait-il une comédie ? Qui imitait-il ? En même temps, en le dévisageant cette fois plus longuement, je voyais bien qu'il ne faisait pas le clown. C'était ainsi qu'il parlait, et je suis entrée dans son jeu :

– Je ne suis pas obligée de vous répondre, en effet.

Mais j'ai voulu poser une question :

– Qu'est-ce que vous faites ici ? Vous ne devriez

pas être à l'école ou au collège, quelque part ? Ou bien chez vos parents ?

Il ne répondait pas. Il changeait de rythme.

– Vous n'êtes pas forcée de me vouvoyer, a-t-il dit. Si vous me dites tu, je le ferai aussi.

– Très bien, ai-je dit. D'où viens-tu ?

Il a eu un geste de la main qui indiquait la ville, de l'autre côté du pont. Il s'est levé.

– C'est l'heure, je crois. Moi, on m'attend. Toi aussi, peut-être.

– Non, il me reste du temps.

– Très bien, alors je vais vous dire au revoir.

– Au revoir, ai-je répondu.

Il s'est levé, m'a salué d'une inclinaison polie de la tête. Il a déposé le sac de papier qu'il avait froissé en une sorte de boule dans une corbeille publique. Puis il s'est mis à courir, traversant le quai pour rejoindre le boulevard au milieu duquel roulaient les tramways et finir par se perdre sur le pont, vers les ruelles de la vieille ville, petite silhouette bleue et incompréhensible.

D'habitude, après que je m'étais assise sur le banc, il me fallait quelques instants pour oublier la présence d'une sorte de barre dans ma poitrine, côté gauche. En réalité, pendant toute l'heure que je passais seule face au lac, la barre ne disparaissait jamais entièrement. Ce jour-là, les choses ne se sont pas passées de la même façon. Je me suis aperçue, une fois Franz parti, que la curiosité suscitée par son irruption avait fugitivement effacé ma douleur.

3

Le lendemain, il faisait à peu près le même temps que la veille. Même ciel, avec des reflets blancs et jaunes sur l'eau du lac, et le brillant des Alpes, au fond, au loin.

J'ai marché vers le banc en tentant d'effacer le souvenir immédiat de la répétition matinale, mais c'était difficile. On a beau rentrer en soi, aller chercher la solitude intérieure, l'attitude et le regard des autres ne s'évanouissent pas comme cela. On croit que l'on vous regarde, quand bien même on ne vous regarde pas.

Petits sourires sucrés, mains tendues, certes, et baisers sur les joues de la part de celles et ceux que je connaissais bien, mes plus proches collègues assis au même rang, mais, plus que la veille, je ne savais pourquoi, j'avais eu la sensation d'être jugée, scrutée, pesée comme à l'étalage. Croyant toujours entendre ce qu'ils ne disaient pas à haute voix :

« Voyez comme elle a du mal à s'en remettre. Quand on pense à son allure triomphante lorsqu'elle vivait sa belle histoire. Et comment elle apparaissait, droite, les seins en avant, les hanches en mouvement, le corps entier affichant qu'elle avait fait l'amour toute la nuit, et que son homme lui avait donné du plaisir et qu'elle en avait éprouvé tant de plénitude, tant de bonheur, et que cela avait peut-être duré des heures et des heures, et comment elle avait presque envie de nous le dire, de le clamer à la face de notre petite communauté, avec cette silencieuse et béate satisfaction sur ses joues, sous ses yeux, dans le dessin des cernes sous ses paupières, dans la souplesse sensuelle et placidement lassée avec quoi elle posait son corps derrière son pupitre, en disposant délicatement la partition et cet insupportable sourire sur ses lèvres gonflées d'avoir donné trop de baisers.

« Regardez-la, aujourd'hui : courbée, le visage creux, le teint pâle, un défaut d'énergie et de joie dans les gestes et les paroles, une lumière qui s'est éteinte, comme une défaite. »

Vous avez reçu des coups à travers tout le corps, ils vous laissent désarticulé comme un boxeur saoulé par l'adversaire, ils imposent une sécheresse amère.

Je n'avais jamais ressenti une aussi grande violence, autant que ce matin-là. Il ne s'était pourtant rien dit de particulier dans les vestiaires ou pendant la mise en place de chacun dans les rangs de l'orchestre, et je n'avais, pas plus que les jours précédents, cédé à la tentation des larmes. J'avais essayé de me tenir droite, bien concentrée. De ne réfléchir à rien, à rien d'autre qu'aux indications, aux reprises, aux enchaînements. Un soliste a de la chance : il n'a pas le droit ni le loisir de penser à autre chose qu'à ce qu'il fait au moment où il le fait. Un musicien d'orchestre, si le chef ne l'inspire guère, peut relâcher son attention et laisser son esprit vagabonder quelques secondes. Mais le moindre écart peut nuire. Une fois, ça passe encore. Deux ou trois fois, le rythme se fausse, l'orchestre s'arrête et l'on voit poindre une interrogation, quelques têtes se retournent, quelque chose ne va pas ? – coups de baguette sur le pupitre, regard pointu du chef vers celle qui a trébuché, imperceptible irritation de ce chef, allons, ça n'est pas très difficile, reprenons, et je sens comme un silencieux reproche collectif, comme une impatience. Baisser la tête, revenir à la routine, unir son archet aux leurs. Refuser cette vaniteuse tendance qui consiste à s'imaginer que le monde entier se préoccupe de votre état. Aller chercher dans le minutieux et envahissant travail musical l'oubli de soi, l'humilité, le calme. Se fondre dans le groupe.

J'avais alors repris, comme il fallait, à la note qu'il fallait, et nous avions exécuté plusieurs fragments, les enchaînements s'étaient réajustés et toute image étrangère à la musique, tout souvenir qui blesse avaient momentanément disparu. Mais il m'était resté ce mauvais goût, cette amertume dans la bouche, et ça avait duré toute le matinée.

Le jeune garçon qui m'avait déclaré s'appeler Franz était déjà assis sur sa partie du banc. Même uniforme, même petit sac de papier marron posé près de son flanc droit, même regard vers le lac et même sourire éclatant lorsqu'il s'est tourné vers moi, avec la même voix mi-ferme, mi-fragile, pour dire :

– Je ne vous attendais pas aussi tôt.

J'ai ri.

– Mais nous n'avions pas pris rendez-vous.

– Je vous attendais tout de même. Vous avez marché moins vite.

– J'ai marché comme j'ai pu, ne vous préoccupez pas de moi.

Il a ri à son tour.

– Vous ne pouvez pas m'empêcher de me préoccuper de vous. Si ça vous irrite, dites-le-moi, je quitterai le banc. Au besoin, je n'y reviendrai plus.

– Je ne t'ai pas dit ça, Franz.

– Si tu me tutoies, c'est que ça va déjà mieux.

– Je ne t'ai pas dit non plus que j'allais mal.

– Tu n'en avais pas besoin, ça se voyait, et même de loin.

– Tu me fais rire, à quoi voit-on de loin que quelqu'un va bien ou mal ?

– Il est temps de déjeuner, a dit Franz. En tout cas, pour moi, c'est l'heure.

Il a ouvert le sac en papier. Je l'ai pris par l'avant-bras pour l'en empêcher.

– Arrête, ai-je dit, c'est trop facile de ne jamais répondre aux questions. Trop simple. Dis-moi, tu me surveillais, ou quoi ?

Le jeune garçon a dégagé son bras de ma main d'un geste gracieux et si léger qu'il m'a fait regretter la brusquerie du mien.

– Eh bien, oui, je me suis tourné vers le Concert Hall pour savoir par quelle porte vous alliez sortir. En fait, il n'y en a qu'une d'ouverte, n'est-ce pas, à cette heure de la journée ?

– Certainement, oui.

– Alors, je vous ai vue sortir. D'ici, c'est un peu loin, mais on reconnaît toujours facilement la démarche de quelqu'un avec qui on a déjà partagé du temps.

– Nous n'en avons pas partagé beaucoup ensemble, franchement. Une heure sur ce banc, hier, à peine une heure.

– C'est suffisant pour deviner des choses.

Sa certitude était irritante. On avait envie de confondre un gamin aussi sentencieux, mais il parlait avec calme, sans comédie, et avec une telle douceur qu'on oubliait sa réticence.

– Alors, qu'as-tu deviné chez moi ?

– Quelque chose n'allait pas, tu marchais pas heureuse, tu avais besoin de te débarrasser de cette chose-là.

J'ai repensé à la répétition de la matinée, à cette bouffée de paranoïa qui m'avait saisie sans raison, ma fatale tendance à croire que « les autres » me regardaient avec ironie alors qu'ils ne regardaient rien – sinon leurs propres soucis ou leur propre bonheur. Sinon leur partition disposée sur les pupitres.

– Tu as raison, ai-je dit, mais je vais m'en débarrasser.

Il a eu un sourire satisfait, comme soulagé.

– Bon, c'est bien, alors, dans ce cas, on peut manger. Bon appétit.

J'ai pris ma pomme et mes biscuits, il a extrait plusieurs sandwiches de son sac. C'étaient des petits sandwiches de pain de mie blanc coupés en triangle, semblables à ceux que l'on servait dans le grand salon du Dorchester, à Londres, lorsque, pour me récompenser d'avoir bien suivi ma leçon de violon, et parce que le professeur lui avait dit qu'il était particulièrement content de mon travail, mon père m'annonçait : « Viens, je t'emmène au Dorchester. *It's tea time.* »

Nous sommes ce dont nous nous souvenons. Mon père saisissait mon étui, prenait ma main dans sa main libre et m'invitait à traverser le parc, au milieu des cerfs-volants, des ballons mauves et rouges, des cyclistes et des cavaliers. Un orphéon jouait sous un kiosque à musique, il faisait frais, l'odeur de l'herbe avait gardé son âcreté de milieu de journée, d'ici quelques heures tout deviendrait plus humide. J'ai eu cette vision du couple que nous formions, le père et sa petite fille, comme si j'avais reconstitué une image que je n'avais jamais pu voir dans son entièreté, puisque j'avais fait partie de cette image, j'avais été au centre de l'image.

– Tu n'es plus là du tout. Où étais-tu partie ?

La voix de Franz m'a fait sortir de mon passé. Par sa seule présence, j'avais pu y revenir. Alors, je l'ai regardé autrement, j'ai compris qu'il allait jouer un rôle dans ma vie, s'il ne le jouait pas déjà. J'ai répondu :

– Oui, j'étais partie comme tu dis, vers l'âge que tu dois avoir en ce moment. J'ai revu mon père, dans un parc, dans un autre pays.

Il s'était écroulé d'un seul coup, au milieu de Hyde Park, au retour d'une de mes leçons. Sa main avait lâché la mienne. J'avais senti comme un souffle, celui du bruit qu'avait fait la masse de son corps qui était tombé dans l'herbe. L'étui à violon avait presque rebondi au sol. Je m'étais agenouillée sans crier, du moins je crois que je n'avais pas crié.

« Papa, papa, qu'est-ce qu'il y a, papa ? » avais-je murmuré.

Ses yeux étaient tout ronds, tout fixes, comme des

billes, et il ne répondait pas. Il avait tremblé un très court instant, puis tout en lui s'était immobilisé. Il m'avait fallu quelques longues minutes pour comprendre qu'il était mort, le temps que plusieurs adultes, un homme, deux femmes, viennent à mon secours, après que je me fus redressée en appelant à l'aide, le temps qu'un inconnu m'interroge avec politesse :

« S'agit-il de votre père ?

– Oui, monsieur. »

Le temps qu'il me dise :

« Soyez courageuse, mademoiselle, je crains que votre père ne soit plus avec nous. »

Je demeurais à genoux dans l'herbe, le long de ce grand corps lourd que je ne parvenais pas à enlacer, et je voyais au nombre de pieds et de jambes qui commençaient à nous entourer qu'un attroupement s'était formé, dans un silence entrecoupé de phrases, bribes de phrases, mots chuchotés, mots répétés, balbutiements de voix inconnues : « Que s'est-il passé – vous avez vu – c'est fait, les secours arrivent – qui est-ce – écartez-vous – ne restons pas là – pauvre enfant – c'est qui – c'est quoi – comment se fait-il – attention – tais-toi ... »

Mais seule m'importait la parole de cet homme poli dont je n'ai pu oublier le visage. Il avait surgi quelques secondes seulement après la chute de mon père, il s'était penché sur lui, avait posé deux doigts sur une partie précise de son cou, puis avait tâté la poitrine à travers la redingote. Mains d'expert, gestes économes, initiés, professionnels. À peine accroupi à mes côtés, il m'avait dit :

« Laissez-moi faire, il se trouve que je suis médecin. »

J'avais dit :

« Aidez-moi, monsieur, aidez-moi. »

Il avait répondu :

« Laissez-moi faire. »

Un peu plus tard, après avoir accompli ces trois ou quatre gestes, j'avais entendu sa question :

« S'agit-il de votre père ? »

Enfin, l'exquise courtoisie de sa révélation :

« Je crains que votre père ne soit plus avec nous. »

L'air était chargé d'odeurs d'été. Puisque l'homme dont l'efficacité et la politesse m'avaient rassurée et laissé espérer que tout irait bien et que, grâce à l'insigne chance que la première personne qui fût venue se porter à mon aide eût été un médecin, puisque cet homme disait, lui, que c'était fini, je ne voyais pas pourquoi j'aurais dû crier, bouger, appeler, me relever, abandonner cette herbe et ce corps, et j'avais voulu me coucher à ses côtés, fermer les yeux, et que l'on arrête toutes choses dans cette fin d'après-midi, à cette heure du *tea time* et des sandwiches au pain de mie blanc que nous ne prendrions plus jamais ensemble.

4

– Mais ça n'était pas à cela que tu pensais lorsque tu marchais vers le banc.

– Je pense souvent à la mort de mon père, mais il est exact, en effet, Franz, que ça n'était pas cela qui me poursuivait.

– C'était un autre malheur ?

– Un autre malheur, mais beaucoup moins grave.

Je me suis étonnée de m'entendre ainsi répondre. Avait-il donc suffi que je raconte à ce jeune garçon la chute du corps de mon père dans l'herbe de Hyde Park, pour que je dise, à haute voix, que ma récente blessure d'amour n'était pas grave ? Franz n'a pas attendu que j'y réfléchisse trop.

– S'il est moins grave, ce malheur, tu peux l'éliminer.

– Ah oui, et comment ça ?

– Moi, dit Franz, quand je vais mal, j'essaie de

tout éliminer. Je concentre ma pensée sur une seule chose, pour tout nettoyer et pour arriver à un océan pacifié.

– Un quoi ?

– Une eau calme. Moi, mon idée, c'est d'arrêter ma pensée sur une seule chose et de ne plus l'abandonner un seul instant : un oiseau, une fougère, une pierre, un visage aussi, mais une seule chose ! et on s'enfonce alors dans le calme. Pour parvenir au vide. C'est possible, je crois que c'est beaucoup plus délicat à réaliser dans une ville que dans la nature, mais on peut y arriver.

Il s'est tu, comme pour réfléchir, et il a repris :

– Parvenir au vide absolu. Si tu veux, un jour, on peut essayer de parler du vide qui est devant nous, autour de nous. Ça fait peur à beaucoup de gens, de parler du vide, mais pas à moi. Pas à toi, j'espère.

– C'est cela que tu viens chercher sur ce banc, ai-je demandé, le calme absolu ?

Il n'a pas répondu. J'ai insisté :

– Tu viens de me dire : « Quand je vais mal. »

Il a répondu après une attente :

– Oui.

– Qu'est-ce qui te fait mal, Franz ?

Il se taisait.

– Écoute, lui ai-je dit, je ne sais pas pourquoi ni comment je t'ai parlé d'une partie de mon passé comme ça, sans raison, peut-être parce que tu inspires la confiance. Parce que tu ne t'exprimes pas comme les autres. Peut-être aussi qu'il m'est plus facile de parler avec un enfant inconnu...

Il m'a interrompue sèchement :

– Ne me considérez pas comme un enfant, je vous prie !

– Je te demande pardon, mais il faut me comprendre : je t'ai livré un moment de ma vie, un moment terrible. Tu ne peux pas te taire en échange. Ça n'est pas de jeu. Si tu veux dialoguer, toi aussi, il faut que tu partages et que tu donnes.

– Probablement. Mon problème, c'est que je ne suis pas capable de répondre de façon directe à une question directe. Je ne respire pas de cette manière. Ça doit se passer autrement chez moi. Et puis, je ne vous avais pas demandé de me livrer votre vie, comme vous dites. C'est vous qui l'avez voulu.

– Ah, non, ça va, ça va comme ça, c'est arrivé sans que je le veuille et je ne sais pas d'où c'est venu.

Il a dodeliné de la tête, la mine réjouie.

– Moi, je sais d'où c'est venu.

Il a tendu un doigt vers son petit sac en papier couleur bistre.

– Les sandwiches au pain de mie, c'est tout, c'est simple, n'est-ce pas ? C'est cela qui a tout fait surgir. Quelque chose de concret, de très banal, qui était banal pour tout le monde sauf pour toi, et ça a fait naître une image et de cette image est venu un souvenir, et maintenant, que vas-tu faire de ce souvenir ?

J'ai pris un temps pour répondre :

– Ce que je viens de faire. Relativiser la douleur d'un autre souvenir plus proche.

Il s'est frotté les mains comme un marchand qui conclut une bonne affaire.

– Bravo ! C'est bien ! Je ne suis pas venu ici pour rien !

Il avait l'air heureux, le jeune garçon, il s'était levé et, debout dans son uniforme bleu de collégien – mi-marin, mi-soldat –, il m'a offert son sourire avec cette fente sur le visage qui le rendait momentanément adulte et il s'est penché vers moi pour déposer un baiser furtif sur mon front, puis, comme la veille, il a décampé en courant, non sans avoir accompli le même rituel : rouler le sac en papier en boule et le jeter dans la corbeille publique. Je n'avais pas senti passer le temps et je me suis dit, demain, je finirai par réussir à en savoir plus sur lui.

Mais le lendemain, Franz n'est pas apparu. Le banc était vide.

5

J'étais un peu déçue. J'ai repensé à la fin de notre conversation : il ne m'avait pas dit au revoir, comme lors de notre première rencontre. J'avais pressé le pas en quittant la répétition et même si je ne m'en étais pas aperçue, cela voulait dire que j'étais curieuse de retrouver Franz. Insensiblement, il s'était créé chez moi le début d'un semblant d'habitude – à tout le moins un désir de cette habitude.

Et puis, je n'avais obtenu aucune réponse aux questions posées par l'intrusion de ce petit bonhomme dans le déroulement de mes jours.

D'où venait-il ? Quel était cet uniforme ? À quel collège appartenait-il ? Pourquoi disposait-il de cette heure de liberté pour apparaître seul, afin de consommer un court repas sur un banc ? D'ailleurs, qui lui avait préparé ce repas ? Quelle était cette précocité dans son vocabulaire, sa façon de parler, ce mélange de sagesse et d'innocence, cette sensation qu'il vous devinait, ou bien, encore plus intriguant, cette étrange impression qu'il en savait plus sur vous que vous sur lui et qu'il vous avait étudiée, observée à votre insu ?

Assise devant le lac, par un temps plus frais et légèrement plus gris que les jours précédents, j'ai cessé de m'interroger. L'identité de Franz comptait-elle vraiment pour moi ? Ces questions n'avaient guère d'importance. Ce qui m'intéressait, c'était qu'il revienne, afin que nous reprenions notre dialogue.

J'avais déjà lu qu'à un certain âge, les enfants, filles ou garçons, possèdent une manière de génie, une vision de la vie, un regard qui se porte vers l'infini, et que cette chose disparaît dès les premières amorces de l'adolescence. Franz détenait-il cette forme de talent ? En l'espace de deux rencontres sur un banc, le jeune garçon avait distrait mes pensées. Je m'étais vite accoutumée à sa compagnie, sa présence, comme celle d'un petit frère, ce frère que je n'avais pas eu.

Ma mère n'avait pas survécu à ma naissance. Son premier enfant, un garçon, était mort-né. Je suis venue au monde un an plus tard. Elle est partie à mon arrivée. À Londres, mon père, aidé d'une nurse puis d'une kyrielle de précepteurs, jeunes femmes au pair ou autres assistantes personnelles, avait veillé à mon éducation. Il avait fortement encouragé ma vocation dès l'instant où, découvrant un violon, j'avais manifesté des facilités pour cet instrument et développé un goût immodéré pour la musique. À la suite de sa brutale disparition, on me confia à sa sœur. Ma tante habitait en Suisse. Je suis partie là-bas. J'ai grandi dans cette ville au bord du lac où il y a une excellente école de musique et j'ai figuré dans suffisamment de concours pour que l'on m'accepte au sein de l'orchestre de la région.

Quand je résume ainsi les vingt premières années de ma vie, je constate que j'utilise fréquemment les verbes aller, venir, partir, arriver. Mon frère est *parti* avant même d'*arriver*. Je suis *venue* pour que ma mère *s'en aille*. Mon père est *parti*. Je *vais* et je *viens* vers un banc. Franz est *venu* de quelque part. Depuis le début de ce récit, j'ai déjà employé de nombreuses fois ces mots. Pourquoi s'en étonner, tout est mouvement. Ma pensée même est un mouvement et si ce mouvement est quelquefois inexplicable, incompréhensible, il est ce qui nous sauve, il est la vie, puisque l'inertie, c'est la mort.

Les larmes me venaient rarement et de façon violente. Je n'ai pas pleuré le long du corps de mon père, sur le gazon de Hyde Park, pas plus qu'à la cérémonie funéraire. Les larmes ont attendu et, lorsqu'elles ont éclaté, cela a duré deux jours et deux nuits, deux nuits et deux jours.

Les amis de mon père, la famille, la dame assistante et nanny se sont relayés à mon chevet pour tenter d'interrompre le flot de sanglots, hoquets, ce constant ruissellement de liquide salé que je léchais du bout de ma langue, couchée sur le lit. Je croyais peut-être qu'il suffisait que je boive ainsi mes larmes afin qu'elles puissent se reproduire et ne jamais cesser. J'aimais mes larmes. Il y avait de courts arrêts, les grandes personnes penchées autour de moi échangeaient alors des regards rassurés, tout allait se calmer, n'est-ce pas, ça suffisait, elle avait assez pleuré comme ça, la petite. Mais je ne faisais que reprendre mon souffle. En fait, je réunissais mon énergie et je recherchais la source pour qu'à nouveau jaillisse l'expression de mon chagrin. Le phénomène avait pris de telles proportions qu'on avait appelé le pédiatre qui me suivait depuis ma naissance. Il avait tenté de me raisonner, de me faire parler, il m'avait secouée avec une certaine brusquerie pour provoquer un choc, il avait vérifié mon pouls, écouté les battements de mon cœur, examiné le fond de ma gorge et il avait dit, levant ses deux mains vers le plafond de ma chambre en signe d'impuissance : « Il faut laisser faire. Son corps décidera pour elle. »

C'était un homme au visage renfrogné, mécontent, il portait une moustache rousse, il sentait la menthe. Lorsque mon corps a pris sa décision, le rythme des larmes s'est ralenti, j'en ai perdu le goût et le besoin, il y a eu encore quelques soubresauts, puis un grand apaisement a gagné le haut de mon front, mes sinus, mes paupières. Tout s'est arrêté.

On peut dire que j'avais épuisé toutes les larmes que mon corps, à cet âge (j'avais douze ans), possédait en réserve. C'est un corps vidé de toutes ses larmes qui a voyagé avec ma tante, vers la Suisse, et sans doute a-t-il fallu de longues années pour que la réserve se reconstitue. De longues années sans amour, aucun amour, aucune affection. Au mieux, du soin, et une surveillance attentive de mon éducation, mes progrès, ma santé, de la part de ma tante.

J'avais aimé mon père de tout mon amour. Je n'en avais d'autre pour personne. Il était normal, physiquement normal, que mon corps lui ait livré tout son contenu de larmes lorsqu'il avait disparu. Je n'ai retrouvé mes larmes qu'à l'âge de vingt ans, quand, pour la deuxième fois de ma vie, j'ai eu le cœur brisé.

6

Ce matin-là, en sortant du hall de musique, j'ai immédiatement cherché le banc des yeux et j'ai constaté que Franz y avait repris sa place. Ça m'a fait plaisir, une sorte de satisfaction m'a envahie, un soulagement d'apercevoir cette mince figurine bleue, de dos, immobile, et qui m'attendait. J'ai pressé le pas. J'ai failli courir.

– Il faudra m'excuser pour mon absence hier, a-t-il dit, à peine m'étais-je assise, avant même que je puisse lui dire bonjour.

Il a continué :

– Il faudra m'excuser, un certain nombre de circonstances m'a amené à vous faire défaut. Mais je peux vous dire que vous m'avez manqué.

J'avais remarqué que Franz oscillait entre le « tu » et le « vous », mais je ne parvenais pas à distinguer le moment ou l'humeur qui justifiait ses choix. Il me semblait, cependant, qu'il y avait une certaine subtilité, un glissement infime, comme si les « vous » surgissaient quand il s'adressait à la femme plus âgée que lui, tandis que les « tu » prenaient le dessus lorsque, pour une raison ou une autre, il se sentait égal à moi, voire supérieur.

– Toi aussi, tu m'as manqué, ai-je répondu.

– Eh bien, c'est dans l'ordre des choses, n'est-ce pas ? Mais j'espère que tu en as profité pour réfléchir au vide.

– Non, pas vraiment, ai-je dit en riant. D'autant que je n'ai pas bien compris ce que tu voulais définir par le vide.

Il s'est animé :

– Eh bien, justement, c'est indéfinissable. Entre ce banc et le lac, là, à quelques mètres de nous, il y a du vide.

– Non, il y a de l'air.

– Oui, mais l'air, c'est une définition concrète, donc pas intéressante. C'est du domaine de la science. Je connais. Ça se mesure. Ça s'étudie. Je connais tout cela. L'air, on sait ce que c'est, mais le vide on ne sait pas.

Il s'énervait :

– Le vide, c'est abstrait, et là je ne sais pas. Il y a du vide partout – quand je cours après t'avoir quittée, parce que je suis en retard pour mes travaux pratiques, je cours dans du vide. As-tu seulement réfléchi à tout le vide qu'il y a autour de nous ?

Il a tendu les bras, englobant d'un seul geste le ciel, les nuages, le soleil, la terre, que sais-je, l'infini !

– Écoute, Franz, je ne te suis pas. Pour moi, le vide n'existe pas. Pour moi, tout se tient et tout s'enchaîne.

– Ah, mais là, je suis d'accord, entièrement d'accord. Je crois même que tout communique, mais ça n'est pas pour cela que le vide n'existe pas. Les gens qui ne veulent pas réfléchir au vide sont des paresseux. Ou bien ils ont peur. Mais la paresse et la peur, c'est synonyme. Moi, je n'ai pas peur du vide, je ne peux pas m'empêcher d'y réfléchir. C'est ma dernière pensée avant de m'endormir. C'est une des nombreuses raisons de mes nombreuses difficultés à trouver le sommeil.

Il s'est tu, a penché la tête en avant, les deux mains en forme de coupe sous ses joues, les coudes à plat sur ses cuisses, et j'ai trouvé qu'il avait rarement eu autant l'air d'un enfant. Un peu boudeur, un peu buté, avec un regard perdu bien au-delà du lac. Il s'est redressé et il a soupiré :

– Bon, on en reparlera un autre jour. Mais pas demain, je le crains, puisque demain c'est samedi et j'imagine que vous ne travaillez pas le samedi, ni le dimanche.

– Détrompe-toi, il y a deux concerts. Pourquoi crois-tu que nous répétons autant toute la semaine ?

– Bien sûr, je suis bête. En réalité, c'est moi qui m'absenterai.

Il m'a enfin livré une information précise :

– Je suis pensionnaire au Kurslar College, à plusieurs rues d'ici, de l'autre côté du pont couvert. Le tuteur qui a été désigné par la famille (il a insisté sur « la famille ») vient me chercher le samedi à midi, et je passe deux jours chez lui. Il a une propriété hors de la ville.

Il a soupiré.

– Je regrette vraiment. J'aurais beaucoup aimé venir vous écouter en concert.

– Tu ne perds rien, Franz. Je ne suis qu'une petite violoniste du troisième rang, c'est l'orchestre que tu aurais pu écouter, pas moi. Je ne suis qu'un soixantième de la musique jouée. Et n'importe qui peut me remplacer.

Il s'est rapproché de moi sur le banc et a secoué mon bras avec énergie. J'ai été obligée de le repousser doucement. Il a reculé, les cheveux désordonnés sur le front.

– Taisez-vous ! Taisez-vous ! Ne dites jamais ça. Il

ne faut jamais se déprécier, jamais ! Et puis, moi, au milieu de la salle, que vous soyez violon de troisième rang ou pas, je suis convaincu que je saurai entendre le son de votre instrument, le vôtre et pas un autre. Je suis sûr qu'en se concentrant bien, on parvient à n'entendre qu'un seul violon si on veut réellement le faire. Et une seule flûte ou une seule contrebasse. Tout ce qu'il faut, c'est se concentrer, c'est agréger ses forces sur un seul point, une seule chose. C'est la clé de la vie.

Je ne l'avais encore jamais entendu aussi volubile, aussi véhément, mais je n'aimais pas beaucoup ce qu'il était en train d'évoquer. Cela me rappelait de mauvais souvenirs. J'ai dit :

– Ça, je ne suis pas sûre que ça puisse arriver.

Il s'est à nouveau approché de moi, animé par la fougue de ses certitudes, une vivace brillance dans le vert jaune de ses yeux.

– Ça peut arriver s'il existe un lien entre celui ou celle qui joue et celui ou celle qui l'écoute. Vous m'avez dit que je vous avais manqué, et moi aussi, vous m'avez manqué et je vous l'ai dit. Cela signifie qu'au moins une fois, hier, nous avons pensé tous les deux très fort l'un à l'autre, non ?

– Oui, si tu veux.

– Bon. Eh bien, si vous jouez au milieu d'un

orchestre, et que vous pensez à celui ou celle qui vous écoute, perdu au milieu du public – au fait, il y a combien de places dans la salle ?

– Oh, elle doit contenir mille cinq cents à mille huit cents spectateurs.

– Très bien, parfait, ça me va. Eh bien, si, pendant que vous jouez, vous pensez à la personne qui écoute l'ensemble de l'orchestre au milieu des mille huit cents spectateurs, cette personne réussira forcément – je dis bien forcément ! – à détacher le son de votre violon de celui des autres cordes et elle n'entendra que vous.

Pour une raison que je n'avais pas envie de révéler, ses phrases m'ont exaspérée. Le souvenir de semblables propos revenait à la surface. J'ai biaisé et voulu lui tendre un piège :

– Franz, entre le violon et les spectateurs, dans cette salle, il y a du vide, non ? Il y a ton fameux vide. Puisque tu me dis que le vide est partout.

Il a crié avec une sorte de jubilation dans la voix :

– Pas du tout ! Précisément, pas du tout ! Il n'y a pas de vide quand il y a de l'émotion. Et de la musique. Et un lien entre deux personnes qui...

Il n'a pas achevé sa phrase. Il semblait suspendu, en arrêt. Il avait totalement oublié le sac en papier à ses côtés.

– Tu ne déjeunes pas, aujourd'hui ? ai-je demandé.

– Non, pas envie. Trop d'émotions, sans doute.

– C'est la deuxième fois que tu utilises ce mot en quelques secondes : émotion.

– C'est un mot très pratique quand on ne veut pas en prononcer un autre.

Là-dessus, il s'est tu, et j'ai entamé mon repas, biscuits, pêche, prune. Le ciel était clair, je savais que nous avions encore une répétition dans l'après-midi et je l'envisageais sans déplaisir, je n'éprouvais pas d'anxiété à reprendre le chemin de la salle et j'ai soudain pensé que je ne me préoccuperais plus de ce que j'avais cru être le regard de mes collègues. Comme si quelque chose m'avait rassérénée. En même temps, je n'avais aucune envie de quitter le banc. Je me sentais bien aux côtés de Franz. Peut-être, me disais-je, faut-il une grande différence d'âge pour atteindre cette sorte de sensation. Aucune jalousie, aucune compétition, aucune comparaison, aucune évaluation, aucun préjugé, aucun danger, aucun mensonge, aucune blessure.

– Ce qui peut faire mal, ce qui parfois fait mal, et pas toujours mais parfois, c'est le sentiment et la réalité d'être seul.

Franz avait à nouveau décidé de parler. Comme

à plusieurs reprises, il donnait l'impression d'avoir deviné ce qui voyageait en moi. J'avais pensé à une blessure, il me parlait de ce qui fait mal. Il continuait :

– Bien entendu, on peut aussi s'y habituer. Il paraît que les hommes s'habituent à tout. Mais parfois c'est fort, c'est violent, tu as connu ça avec la mort de ton père, moi je connais ça aussi, à ma manière. C'est différent de toi sans doute, mais c'est présent.

Puisqu'il était incapable, affirmait-il, de répondre directement à une question directe, je n'ai pas tenté de lui demander à quoi il faisait allusion. « Le tuteur désigné par la famille », avait-il dit – quelle famille ? Il a tendu un doigt vers le lac.

– J'ai vu passer des mouettes tout à l'heure en t'attendant sur le banc. Blanches dans le bleu, là-haut, c'était beau et reposant. C'est la meilleure manière de se reposer, tu ne crois pas, la beauté d'un instant ? Il faudrait être tout le temps capable d'attraper la beauté de l'instant.

Il avait retrouvé un ton plus joyeux. J'ai répondu :

– C'est une chose que j'ai eu beaucoup de mal à faire pendant longtemps, surtout après mon départ de Londres. J'ai grandi en croyant que je n'arriverais jamais à vivre ce que tu décris. Et puis, j'ai aimé quelqu'un et tout a changé et chaque instant était, comment disais-tu, beau et digne d'être attrapé. Mais ça n'a pas duré.

– Pourquoi ?

– Parce que ça n'a pas duré, voilà.

– Ne vous énervez pas, vous n'êtes pas obligée de me raconter quoi que ce soit.

– Je ne m'énerve pas, Franz. J'ai eu le cœur brisé une deuxième fois, c'est tout.

– Expliquez-moi ce que ça veut dire, avoir le cœur brisé.

– Je suis désolée, Franz, mais ça ne s'explique pas.

7

J'allais avoir vingt ans, j'avais les yeux noirs, les cheveux clairs et longs. Personne ne m'avait jamais dit que j'étais belle. Un homme, un soir, est venu vers moi à la fin d'un concert.

– Je m'appelle Luca Barzoni, m'a-t-il dit. Je vous trouve très belle.

Il m'avait abordée à la sortie arrière de la face est du Concert Hall devant laquelle, d'habitude, se groupent quelques spectateurs venus solliciter l'autographe des grands solistes ou d'un grand chef. Nous partions avant les célébrités, celles et ceux qui avaient eu droit au rappel et pour lesquels nous avions souvent battu nos pupitres avec notre archet afin de communier avec eux en ce moment unique de l'explosion des applaudissements, mais surtout pour leur transmettre notre admiration et notre reconnaissance : grâce à eux, nous avions eu du talent.

Certains nous disaient, parfois, la même chose : nous l'avions fait ensemble. Avec eux, grâce à eux, nous avions donné, transmis aux spectateurs, ce qu'avaient composé les Mozart, Mahler, Beethoven, Wagner, tous les génies créateurs dont nous étions les simples interprètes. Le seul fait d'avoir accompli ce passage, à l'instant précis de la fin du concert, à cette seconde de silence quand les bras du chef se baissent le long de son corps – il souhaiterait sans doute, et nous avec lui, que le public respecte plus longtemps ce silence, mais le public ne peut pas attendre et nous crie son merci et sa joie –, ce seul fait, à ce seul instant, donnait toute leur signification à ma vocation et à mon travail, aussi vide qu'ait pu être, par ailleurs, mon existence quotidienne.

Cet homme s'était donc avancé dans la nuit, sous la lumière orangée de la lampe extérieure accrochée au-dessus de la porte métallique, et j'avais eu peur, puisque l'inconnu me faisait peur, tout inconnu. J'avais passé ma vie, jusqu'ici, à me protéger de toute émotion, toute surprise, tout accident. Cependant, il était courtois, gardant une distance de quelques pas, levant la main à hauteur de sa poitrine et ajoutant après la première phrase :

– N'ayez crainte, je suis un homme respectable,

je ne vous veux aucun mal. Je souhaitais seulement vous dire que je vous trouvais belle et vous prévenir de ne pas vous étonner si vous me voyez, régulièrement, au premier rang, lorsque votre orchestre sera en représentation. Je viendrai pour vous.

Je n'avais pas répondu. À peine avais-je souri, flattée, prête à parler mais ne sachant que dire. Il s'était effacé de lui-même, avait courbé la tête en signe d'au revoir, avec ces mots :

– Ne me prenez pas pour un illuminé. Vous êtes belle. C'est tout. Je ne vois pas pourquoi on ne vous le dirait pas. Je ne venais pas souvent écouter de la musique, à vrai dire je ne suis pas mélomane, mais des amis m'ont donné un billet qu'ils ne pouvaient utiliser, c'est ainsi que, mon regard se promenant sur les musiciens pendant la première partie que j'ai d'ailleurs trouvée fort ennuyeuse, j'ai été frappé par votre beauté. J'ai eu envie de vous le dire. Bonsoir.

Il a tourné le dos et s'est éloigné pour rejoindre un petit groupe, quelques couples, hommes et femmes, habillés de sombre comme lui. Je les ai entendus rire à plusieurs reprises. Alors j'ai pensé que cet homme venait de gagner une sorte de pari qu'il avait fait avec ces gens-là et que j'avais été le jouet de ce pari, le sujet de leurs éclats de rire.

J'ai ressenti comme une humiliation et je me suis

détestée, car les mots et les manières de Luca Barzoni avaient éveillé ma vanité. Il se dégageait de cet homme une sorte de calme, un équilibre des gestes et de la voix qui m'avaient séduite d'emblée. Je m'en suis voulu d'être tombée dans le piège si banal de la complaisance. J'allais avoir vingt ans. Depuis mon arrivée à Lucerne, je n'avais connu que quelques amorces de cour, des ébauches de rien, deux ou trois jeunes gens de mon âge, des sorties, des approches, du néant, du niais. Et j'avais toujours reculé, m'interdisant ainsi toute relation avec les hommes.

Luca Barzoni, silhouette haute dans son manteau noir, allure dense, une douceur mûre dans la voix et le sourire, appartenait à ce genre d'hommes que l'on distingue aisément dans une foule. Son compliment m'avait touchée. Les rires m'avaient heurtée et j'ai essayé d'oublier. Mais pas longtemps, puisque, conformément à l'annonce qu'il m'avait faite, il se trouvait au premier rang des spectateurs du concert qui a suivi. Cela ne m'a pas déplu.

Quand on pénètre sur la scène, en ordre ou en désordre, parfois les cuivres précèdent les cordes, parfois ce sont les instruments à vent, on échange trois mots avec un collègue, on s'installe en attendant l'arrivée du premier violon, vous avez quelques minutes pendant lesquelles vous pouvez jeter un coup d'œil vers la salle. La plupart du temps, la majorité des musiciens ignore le public. Visages anonymes, couples qui bavardent, rangées de crânes et de chevelures, robes et costumes, avec ce rideau de murmures qui flotte au-dessus des têtes, le brouhaha d'anticipation qui s'éteindra dans quelques instants. Vous êtes là pour eux, avant tout, certes – mais vous êtes aussi là pour vous-même, pour le groupe et pour le chef, et vous ne prêtez guère attention à cette masse d'individus, ce large et long magma d'ovales et de ronds, faces lunaires et masques maquillés. Je n'avais pourtant pas pu m'empêcher de scruter le premier rang. Luca Barzoni y était assis, élégant et cravaté. J'ai fui ses yeux. Le concert achevé, il n'est pas apparu à la sortie nord, mais je l'ai revu, installé au même fauteuil d'orchestre, pendant plusieurs soirées consécutives. Il ne faisait aucun signe, j'évitais de lever la tête, craignant de perdre ne fût-ce qu'une fois l'attention nécessaire à mon travail, mais il était là et j'en éprouvais une satisfaction intime, et cela a duré près d'un mois.

Nous étions à la fin du printemps, à présent. La longueur des jours incitait les musiciens au moment de l'entracte à sortir de l'immeuble pour fumer une cigarette ou, simplement, faire quelques pas le long du lac. La lumière de juin, la plus belle de l'année, les envolées d'oiseaux au ras de l'eau argentée, l'eau qu'une petite brise faisait clapoter et siffler, les flancs des bateaux amarrés aux quais, le reflet des glaciers tout là-haut, dominant la vallée, les conifères, les pierres et les hommes – et le désir secret, ignoré de moi-même, à l'intérieur de moi. Adossée à la paroi de la façade encore chaude du soleil de la journée, je respirais, les yeux fermés, je me sentais en attente. Mon corps n'était que cela. Une attente. Je percevais vaguement les voix des clients du Seebar attablés à la terrasse, face au quai 1, j'entendais les pas des quelques touristes sur la jetée de bois couleur grège et le lointain ronronnement de l'antique *Stadt-Luzern*, fierté de la Compagnie de navigation sur le lac des Quatre-Cantons, dont la sirène avait annoncé l'arrivée, et je l'imaginais fendant une eau devenue plus lourde et plus huileuse à mesure que le bateau ralentissait vers son point d'attache. J'ai entendu, toute proche, la voix de Luca :

– J'espérais bien vous trouver quelque part, par ici, à la pause. Comment allez-vous ?

J'ai ouvert les yeux. Il avait le même sourire indulgent et protecteur sur son visage d'homme, ce patient spectateur de la première rangée de fauteuils.

Il m'a proposé de dîner avec lui après le spectacle. J'ai répondu avec une vivacité que je ne me connaissais pas :

– Afin de pouvoir rire de moi, à nouveau, avec vos amis ?

– De quoi me parlez-vous ?

– Vous savez très bien de quoi je parle.

J'étais prise d'une espèce de fureur – fallait-il que les premières paroles que j'adresse à cet homme dont une part secrète de moi avait souhaité qu'il aille plus loin que sa première brève intervention soient des paroles de reproche ? Il n'avait pas cessé de sourire, mais j'avais continué, comme si, depuis un mois, j'avais accumulé une violente envie de le provoquer afin, sans doute, de mieux céder à sa cour muette et habile.

– Oui, insistai-je, la première fois que vous m'avez abordée, j'ai bien vu que vous aviez rejoint quelques amis pour rire du tour que vous veniez de me jouer.

J'ai arrêté brusquement. Je me suis aperçue que j'étais en train de m'exprimer comme une bécasse – je n'ai compris qu'un peu plus tard ce que dissimulait ma vindicte –, il m'a dit que je ressemblais à une vieille épouse qui fait des remontrances à un vieux mari ; j'ai cessé ma comédie ; nous avons éclaté de rire ; nous avons dîné ensemble ce soir-là, puis tous les autres soirs qui ont suivi. Nous sommes vite devenus amants.

Ce sentiment selon quoi un être devient le centre du monde, le centre de votre monde, le centre de soi. Désormais, ma vie était pleine, les heures et les jours avaient pris un autre rythme, le temps et l'espace n'avaient plus les mêmes dimensions, ce qui avait paru long était court, ce qui était lointain paraissait proche.

La monotonie et la routine, couleurs d'habitude, couleurs de solitude, les horaires précis, immuables, levers, couchers, répétitions, concerts, itinéraires convenus et lieux familiers, tête-à-tête silencieux avec ma vieille tante, couleurs fades, ville grise, couleurs neutres, tout cela était effacé, balayé, l'ordinaire était pulvérisé par l'extraordinaire.

La surprise de la jouissance, couleurs du plaisir, couleurs de n'être plus seule, de savoir à quelle heure, à quelle minute, à quel endroit, le faire l'amour et le se faire faire l'amour se réuniraient, se renouvelleraient, couleurs de nuits blanches, les matins petits et bleus, besoin du corps de l'autre, assouvissement de ce besoin, les rires et les dissimulations, les cachettes, les chambres provisoires, les codes et signes secrets, couleurs rouges, violentes, violettes, couleurs chaudes et douces et rares, tout cela comme un cadeau inattendu, immérité.

Les gens qui parlent de leur « première expérience amoureuse » mesurent-ils le poids de cette banale formule ? Ils sont là, assis dans leur âge et leurs coutumes, les sens atténués par le travail des ans et l'accumulation des désillusions, raccommodages après ruptures, infidélités et pardons, ou bien fidélité dans les épreuves, on se quitte, on se retrouve, rebonds et remous et remords, vérités et mensonges, résignations ou bien revanches, et puis surgissement d'autres rencontres ou d'autres passions, d'autres contrats, d'autres corps et d'autres âmes, et cette promesse que rien ne sera plus comme avant quand bien même, parfois, tout est encore comme hier. Aucun d'entre eux ne devrait oublier l'aveuglante clarté du premier choc, cet événement sauvage, la puissance de la découverte de ce qui – sexe, chair, esprit, sentiment – n'est pas comparable, puisque c'est la première fois.

Et comment, dès lors, la fin de tout cela vous brise le cœur.

8

– Finalement, c'est peut-être facile à raconter et peut-être que cela me fait du bien de le faire.

– Tu vois, tu vois bien, que tu pouvais.

– C'est-à-dire que tu m'as demandé de t'expliquer – et ça, je ne peux pas. Expliquer, non – raconter, oui. Dire comment c'est ou comment c'était, ça va. Dire pourquoi, je ne peux pas.

– Dis-moi comment c'est, alors. Comment c'est, le cœur brisé.

– C'est comme l'a écrit Nietzsche quelque part dans *Aurores*. Nietzsche, c'était...

Il m'interrompt :

– Ça va, ça va, je sais très bien, parfaitement bien qui c'est Nietzsche, il n'*était* pas Nietzsche d'ailleurs. Il *est* ! *Aurores* ? Quatrième volume, juste avant le *Le Gai Savoir*.

– Franz, c'est suffisamment délicat de raconter tout ça. N'affiche pas ton érudition, s'il te plaît.

– Bon, pardon.

– Eh bien, comment c'est avoir le cœur brisé ? C'est ce que dit Nietzsche : « Fêlé comme un verre où l'on a versé d'un seul coup un liquide trop chaud. » Tu as la sensation d'une fêlure sur le côté gauche de la poitrine, côté cœur, bien sûr. Tu te dis, je vais dormir, je vais respirer, ça va se calmer, ça va se résoudre, ça ne va pas rester déchiré comme ça tout le temps, mais ça ne se calme pas. S'il n'y avait que cette partie de ton corps, mais il y a les côtes, les reins, la poitrine, le côté droit aussi tendu que le gauche. C'est lourd, c'est cassé, c'est tout, tu es cassé. Tu perds le goût des choses.

– Quelles choses ?

– Toutes les choses. Tu te demandes comment tu vas pouvoir revivre avec ce que tu croyais avoir oublié, c'est-à-dire le simple fait de vivre seul. De vivre avec le manque. Alors, oui, c'est amer, aussi, il y a de l'aigreur, tu as le corps traversé par de l'aigreur. Il est sec. Il refuse tout. Marcher te fait mal, manger, n'en parlons pas, dormir, c'est tout juste.

– Et jouer du violon ?

– Bonne question, Franz. Jouer du violon me

sauve. M'a sauvée. Je vais m'obliger à ne pas rater une seule séance de travail alors que tout me pousserait à rester étendue sur mon lit, à souffrir et attendre, mais attendre quoi, que ça disparaisse ? Alors, je vais me forcer à arriver à l'heure, parfois même avant les autres, car je redoute leur regard. J'ai été tellement insolente, tellement indifférente et fière lorsque j'avais cet amour, ça m'avait séparée du groupe, de mes amis, mes compagnons plutôt. Il y a toujours un moment où, après la représentation, dans le couloir du sous-sol situé en dessous des coulisses de la scène, après avoir abandonné, les femmes leurs robes noires, les hommes leurs queues-de-pie et chemises blanches, on se retrouve en civil. Alors on ressemble à notre âge véritable, on rit, on fume, parfois on s'embrasse. Parfois, le chef est là aussi, souvent en sueur. Il n'a pas eu, lui, le temps de se débarrasser de toute la musique qui l'a habité. Il reçoit les compliments d'amis, des invités, des collègues, sans les entendre, en fait, car il est encore possédé par Mahler ou par Brahms. C'est un bel instant, quand l'amitié, la saveur d'avoir partagé une réussite vous rapprochent avant que le groupe ne se disperse. Eh bien, moi, pendant toute la durée de mon amour avec cet homme, j'ai négligé ce moment. Je l'ai supprimé et méprisé. Il m'arrivait même de ne pas ôter ma tenue de scène pour partir plus vite, courir plus vite au rendez-vous, à ce que je savais qui m'attendait, les chambres, les lits, la satisfaction entière de mes désirs. Après, j'ai eu une très grande peine à me réinsérer dans l'ambiance de l'après-concert. Je croyais lire partout, dans tous les regards, le jugement et l'ironie de celles et ceux dont j'avais dédaigné les gestes et les mots. À présent, comme je savais que rien ni personne ne m'attendait plus dehors, à l'heure où, sur les bateaux de la compagnie, les lampes et loupiotes se sont déjà allumées, quand le lac brille sous leurs lumières et sous la lune, je m'attardais dans le sous-sol. Je ne cherchais pas tellement un sourire, un « Je te raccompagne ? », ou « On prend un café ensemble ? ». Je cherchais du bruit, la chaleur des gens, l'in-solitude, je faisais durer le moment, sachant qu'au retour, chez ma vieille tante, la fêlure du verre se ferait à nouveau sentir.

9

Ce que je ne pouvais pas raconter à Franz : comment un jour, à 12 h 30, au restaurant-bar du Montana où nous venions souvent – le personnel y était moins regardant que dans les hôtels de la ville basse, et Luca avait distribué suffisamment de pourboires pour que la pudibonderie suisse ferme les yeux sur les arrivées et départs furtifs d'une jeune femme de vingt ans et d'un quadragénaire au doigt bagué d'une alliance –, comment, un jour, Luca avait dit :

– C'est fini.

Et comment j'avais compris et pas compris :

– Qu'est-ce qui est fini ?

– Nous deux. C'est fini. À compter de ce jour, à compter de cette heure, c'est fini, on ne se voit plus.

Et comment mes « pourquoi » n'avaient reçu pour réponse que quelques clichés émis sur un ton objectif :

– C'est comme ça. On n'y peut rien. Tout a une fin.

Et cette formule cruelle dite platement, à voix neutre, comme on énonce un horaire de train :

– Le jeu n'en vaut plus la chandelle.

Je n'ai interprété que beaucoup plus tard le sens de sa cruauté. Je crois qu'il fallait l'attribuer au souhait de Luca que je ne puisse éprouver à son égard autre chose que du ressentiment, voire du dégoût. Plus il sciait, plus il blessait, plus la fêlure dans le verre serait forte, plus je souffrirais, à l'évidence, mais plus, dès lors, je le condamnerais. C'était une manœuvre d'adulte, le calcul d'un roué. Sans doute n'était-ce pas la première fois, dans sa vie de séducteur insatisfait, qu'il utilisait une telle méthode. Sans doute les mots et les gestes d'amour auxquels il m'avait initiée n'avaient été, pour lui, que la répétition d'un acte rituel, la perpétuelle comédie donjuanesque de ces hommes jamais rassasiés, hantés par l'échec autant que par la conquête, et dont la recherche ponctuelle d'un amour frais masque la peur du temps qui leur échappe et de la mort qui les rattrape. Mais comment aurais-je pu le savoir ou le comprendre, lorsque j'avais cédé si facilement à sa cour, vierge que j'étais de toute expérience, n'ayant jusqu'à ma rencontre avec Luca rien connu d'autre que le manque et l'attente, le vide sentimental, le besoin d'amour. Comme il m'est simple, aujourd'hui, de les reconnaître, je peux infailliblement les reconnaître ! Ils se ressemblent, avec cette couleur un peu noire autour des paupières, ce pli blasé et attirant sur les lèvres, cette obscène rage de vouloir plaire, ces cigares, ces doigts lourds, ces nuques épaisses, cette méfiance viscérale vis-à-vis de tout ce qui concerne l'enfance, ce risible et attendrissant goût du jeu, de la parodie et de la parade, cette aisance en société, ce refus permanent de la pensée abstraite, cette fragilité derrière cette apparente densité : les « baiseurs ».

Luca portait, ce jour-là, une de ses habituelles chemises bleu poudre avec une cravate en tricot noir, son tout aussi habituel costume sombre à fines rayures grises, et des mocassins noirs bien cirés. Il avait toujours porté des chaussures extrêmement bien cirées.

10

Je me suis tue, je pensais à ces jours de détresse et de sécheresse. Franz se taisait aussi, comme s'il attendait que j'aille plus loin dans mon récit. Sur le lac, quelques cygnes évoluaient tranquillement, à la recherche d'un peu de nourriture.

Nous avons alors vu un homme s'approcher de notre banc. Il avait un nez pointu et un peu rouge, des cheveux filasse, un air placide, buté. Il devait être âgé d'une quarantaine d'années. Petite taille, hanches étroites, un homme banal à l'allure peu attirante. Il m'a regardée de ses yeux sans éclat.

– Puis-je m'asseoir, mademoiselle ? m'a-t-il demandé.

Je n'ai pas eu le temps de réagir. Franz s'est adressé à l'homme avec une véhémence qui m'a surprise :

– Non, monsieur, vous ne pouvez pas. Vous voyez bien que cette jeune femme et moi-même occupons toute la place et que, en outre, nous sommes engagés dans une conversation qui ne supporterait pas l'interruption d'un individu comme vous.

Le type a reculé, ébahi, vexé.

– Mais... mais... les bancs sont à tout le monde dans cette ville, mon petit bonhomme.

Franz a répliqué :

– Ils sont peut-être à tout le monde mais pas celui-ci, voyez-vous. Cette jeune femme et moi-même en avons obtenu la concession exclusive.

– Ah ?

– Oui, parfaitement. Et puis, ne m'appelez pas mon « petit bonhomme », sinon j'utiliserai à votre endroit des épithètes qui pourraient vous déplaire, voire fragiliser l'idée que vous vous faites de vous-même.

Le culot du garçon avait paralysé l'homme. Son visage enflait, rougissait. Sur le coup de l'étonnement et d'une colère rentrée, son fort accent suisse donnait à ses lents balbutiements quelque chose de comique :

– Mais enfin, mais enfin, ça mérite, ça mérite...

Franz ne le lâchait pas :

– Expliquez-vous, monsieur. Ça mérite quoi, précisément, monsieur ?

– Euh... euh... ça mérite une gifle.

Ricanement de Franz :

– Oh là ! Attention ! Nous entrons en territoire dangereux. Vous n'imaginez pas, vous n'avez aucune idée de ce que vous déclencheriez si vous osiez porter la main sur ma personne. Je possède une science aiguë du combat de rue et j'ai emmagasiné, grâce à l'éducation de quelques mentors venus d'Orient, des ressources de représailles qui vous mettraient le cul par terre.

Il était intarissable. J'étais partagée entre la stupéfaction et une irrésistible envie de rire au spectacle de ce jeune garçon tendu et ironique, supérieur à l'adulte, qui ouvrait de grands yeux et reculait devant ce que l'on n'attend pas. Il fit une dernière tentative :

– Mais... mais, on ne parle pas comme ça dans cette ville.

– Forcément, puisque je n'appartiens pas à cette ville. Je viens d'ailleurs, monsieur, et votre ville m'indiffère. Et ensuite, et en outre, qui êtes-vous donc pour décréter la teneur du langage qui doit prévaloir dans une cité, quelle qu'elle soit ?

J'ai trouvé que Franz exagérait, j'ai cru pressentir l'amorce d'une violence, et j'ai eu peur pour lui. Mais l'homme a renoncé. Il a fait un geste de la main, comme l'acceptation d'une défaite, l'incapacité de se confronter à une telle aisance verbale, et surtout à un tel déni des barrières de l'âge et de la convention selon quoi les enfants ne peuvent pas s'adresser aux grandes personnes comme s'ils étaient, eux-mêmes, des personnes grandes.

– Ça va, ça va bien, je m'en vais, a-t-il dit.

Il a tourné le dos. On pouvait deviner, derrière le remuement de ses épaules, le ballottement de ses hanches malgracieuses, sa perplexité offensée. J'ai attendu qu'il prenne un peu de distance et je me suis mise à rire, sans pouvoir m'arrêter.

– Tu vois que tu peux rire, m'a dit Franz.

– Tu es quand même gonflé. Tu risquais qu'il te flanque vraiment une gifle.

– J'ai connu pire.

Le rire m'a reprise. Puis, je me suis calmée.

– Je n'avais pas ri comme ça depuis... je ne sais plus.

– Regarde-toi, tu pleures, tu as des larmes de rire.

– C'est la première fois depuis que j'ai eu le...

– Oublie cette expression, veux-tu ! Cœur brisé, cœur brisé, ça va, c'est fini, tu n'as plus le cœur brisé, tu le vois bien, puisque tu peux rire.

– Je ne sais pas. Il est encore trop tôt pour le dire.

– Mais moi, je sais, a dit Franz avec ce ton péremptoire que l'on pouvait pardonner tant il était chargé d'innocence.

Je l'ai embrassé sur une joue.

– Merci, lui ai-je dit.

Il s'est levé, une certaine urgence dans ses gestes.

– Je vais être en retard, il faut que j'y aille, vite, vite !

Il est parti à toute allure. J'avais pris quelques renseignements. Je savais que son pensionnat était situé dans le quartier de la Vikturia Platz. Il lui fallait donc, pour couper au plus court, passer par le pont Kappell, dont les structures n'avaient pas encore brûlé à l'époque, et j'ai imaginé sa petite silhouette agile dévorant l'espace sur les lattes de bois, évitant passants et touristes, en faisant résonner le *tap-tap-tap-tap* de ses chaussures dont le bruit était renvoyé en écho par les parois internes du pont couvert, et j'ai eu envie de le remercier une deuxième fois. Mais il courait, il avait déjà atteint le pont, sans doute. J'ai imaginé qu'il souriait en courant.

11

Le lendemain, il faisait très beau. De loin, on confondait les cygnes avec les mouettes. Il y avait aussi des canards au bec rouge vif et au plumage noir et bronze brillant. Je n'en avais jamais vu de telle sorte. J'ai pensé qu'ils étaient venus de loin – de Flüschen peut-être, où commence le lac, on m'avait dit que toute la région du delta regorgeait d'oiseaux migrateurs, cormorans, cigognettes, rouges-gorges et pluviers. On parlait de cette partie du canton comme d'un petit coin de paradis.

Franz est arrivé quelques instants après moi et m'a embrassée sur les joues. Il sentait l'encre et la craie d'une salle de classe.

– Je t'ai dit merci, hier, ai-je commencé, parce que tu m'as fait rire. Et parce que, avec toi et grâce à toi, depuis que nous nous parlons sur ce banc, j'ai pu en partie raconter des choses, comment j'ai perdu ce que je croyais être un amour. Te l'avoir raconté m'a aidée.

– Tu ne m'as pas tout raconté.

– C'est difficile, c'est même impossible. Tu sais bien qu'on n'arrive jamais à « tout raconter ». D'ailleurs, ça n'en vaut pas la peine. Ce qui compte, c'est que tu m'aies aidée.

Il a froncé les sourcils.

– Pourquoi dire « tu m'as aidée » ? Pourquoi parler au passé ? Je t'aide. Et toi aussi, tu m'aides.

– Comment cela, Franz ? En quoi puis-je t'aider puisque tu ne me dis pas grand-chose de toi ? En fait, je ne sais rien de toi. Tu me fais parler et j'aime te parler et ça m'aide, mais en quoi, moi, est-ce que je peux t'aider ?

Un silence. Puis sa réponse, posée, comme s'il avait déjà réfléchi, évalué chacun des mots, comme s'il les avait répétés :

– Tu m'aides simplement parce que tu es là. Parce que tous les jours, à la même heure, je te retrouve, et quand je t'ai quittée, je sais que je te retrouverai le lendemain, et ça suffit à me rendre heureux. Il n'y a personne d'autre dans ma vie de tous les jours, pour qui j'éprouve la même chose.

Nous avions acquis des habitudes. Nous étalions les éléments de nos déjeuners – fruits –, biscuits –, sandwiches – sur le banc et nous nous tournions l'un vers l'autre, Franz les jambes repliées sur lui-même et moi, pivotant sur mon corps pour lui faire face et suivre les expressions de son visage. Il passait de l'innocence à la sagacité, d'un sourire conquérant armé de convictions à une pudeur muette, de l'irritation enfantine et sourde à une sérénité de guerrier revenu de tout. J'ai vu une lueur différente dans ses yeux. Il m'a dit :

– Tu as manqué d'amour toute ta vie. Tu as été abandonnée deux fois. Par ton père puisqu'il est mort, et plus tard par cet homme, puisqu'il t'a quittée. D'ailleurs, t'es-tu jamais demandé si cet homme n'était pas, à sa manière, une figure de père pour toi, une manière de substitut ?

Je l'ai interrompu. Ça m'avait déplu, sans doute parce qu'il avait vu juste. Mais je l'ai coupé, comme un professeur son élève :

– S'il te plaît, Franz, pas de psychanalyse.

Il a ri.

– S'il suffit de dire des évidences pour se faire traiter de psychanalyste, alors, d'accord !

Il a voulu prendre ma main, pour changer de ton, plus doux et plus confidentiel :

– Désolé, mais je vais te parler de moi.

– Enfin !

– Enfin, enfin... qu'est-ce qui me manque le plus ? La même chose qu'à toi. Mes parents ne m'aimaient pas, ils n'ont jamais voulu de moi, j'étais un accident inattendu dans leurs vies égoïstes. Je les ai vus se déchirer, se mentir, se tromper et se battre, hurler leur haine réciproque. Je les ai vus prêts à s'entre-tuer, je les ai vus tout faire et tout se faire – hélas ! Tout. Il aurait fallu qu'on m'éloigne d'eux avant que ça explose. Les tuteurs, tu sais, chaque week-end, c'est bien gentil, mais ça n'est pas cela qui apporte ce qui vous manque le plus.

– Quoi ?

– Pourquoi me faire répéter ce que je viens de te dire ? Quelque chose que l'on partage sans que personne puisse s'en mêler. Ce qui se passe entre deux personnes et qui relève du secret. Et du mystère.

Sa main a pressé la mienne, mais j'avais momentanément perdu son attention. Il avait détourné son regard, et j'ai imaginé qu'il pensait à ce que je ne pouvais connaître ou comprendre : ce qui avait « explosé ». Il avait prononcé le mot « mystère ». J'avais été intriguée, curieuse d'en savoir plus sur ce jeune garçon qui semblait venu de nulle part pour m'offrir une compagnie, amorcer un dialogue qui avait rompu ma solitude. Maintenant, je n'avais plus tellement envie de trouver de réponses aux questions que je m'étais posées, j'étais plutôt gagnée par un sentiment proche de cette tendresse dont il avait évoqué l'absence dans sa vie. Le petit bonhomme cuirassé de sagesse prématurée et d'autorité faussement adulte semblait soudain vulnérable, perdu dans la vision de son passé.

– « Il aurait fallu qu'on m'éloigne avant que ça explose » ? Qu'est-ce qui a explosé ? « Il aurait fallu », ça veut dire qu'on ne l'a pas fait ?

Son regard est revenu vers moi.

– Tu poses les bonnes questions, toi aussi, a-t-il dit. Décidément, nous étions faits pour nous entendre.

– Peut-être, mais tu ne m'as pas répondu.

– Je ne suis pas obligé.

– Non, mais dans ce cas-là, ça veut dire que tu ne me fais pas confiance.

Il a baissé la tête et détourné les yeux, retiré sa main de la mienne et chuchoté :

– Bien sûr que je te fais confiance et bien plus que cela. Je t'ai déjà dit ce que tu ne veux pas entendre : tu es la personne que je m'attends tous les jours à rencontrer avec bonheur. Il y a des tas de choses auxquelles je pense continuellement et que j'essaie de comprendre : le vide, le temps, l'infini. Ça, il me faudra toute la vie. Mais ce que je comprends tout de suite, là, sur ce banc face à ce lac, c'est le bonheur que tu apportes.

Il a soupiré, comme atteint par une fatigue soudaine.

– Pour le reste, je te répondrai plus tard, si j'y arrive. Tout doit venir avec aisance, comme l'eau qui coule. Il ne faut pas forcer les portes plus vite que nécessaire. D'un seul coup, tu vois, là, je suis crevé. Et pourtant, je dois repartir et en courant si je ne veux pas être en retard.

– Dis-moi au moins une chose : comment le pensionnat t'autorise-t-il à sortir ainsi à l'heure du déjeuner en uniforme ? Tu es le seul à pouvoir faire ça ?

Il a eu une moue d'orgueil, peut-être de vanité.

– À un quotient intellectuel élevé – et même anormalement élevé, d'après leurs statistiques –, on peut bien accorder quelques privilèges. Mais tu sais, la dérogation n'est valable que pour les beaux jours... Que ferons-nous cet hiver ? Comment pourra-t-on se retrouver, et où ?

J'ai souri.

– Nous n'en sommes pas là, Franz, l'hiver est loin.

– Je t'aime, a-t-il murmuré.

Le soir même, il m'est arrivé quelque chose d'extraordinaire.

12

Le soir même, nous avons accompagné l'une des meilleures sopranos du monde.

– Elle a donné des lieder de Schubert. Ça n'est évidemment pas la première fois que nous accompagnons une artiste de cette réputation. Bien entendu, elle avait répété dans l'après-midi avec nous, placé sa voix, pour se situer par rapport à nous ou, plutôt, nous laisser nous situer par rapport à elle. Nous savions qu'elle ne faisait qu'effleurer la mélodie et qu'elle gardait tout en réserve pour le soir. Tout de même, je ne m'attendais pas à une telle émotion. Je sais bien qu'un soliste ne donne jamais le meilleur de lui-même en répétition, et je savais, je sais bien, que cette soprano est considérée comme l'une des plus belles voix qui existent en ce moment. Elle est adulée, encensée, elle fait le tour du monde et partout dans toutes les salles, c'est la même explosion de joie, de gratitude, les mêmes rappels, les mêmes fleurs, les mêmes ovations debout. Nous battons de nos archets sur les pupitres, comme on fait souvent pour s'unir aux cris et aux applaudissements du public, et en général, quand c'est fini, entre deux allers et retours du soliste, on se parle entre musiciens et puis il revient, et on recommence à lui rendre hommage. Certains tapent des pieds. Hier soir, avec cette soprano, nous n'avons pas réussi à nous parler, en tout cas pas moi. J'étais tellement touchée et transformée, transportée. J'ai senti quelque chose passer en moi lorsqu'elle a entamé le *Nacht und Traüme*, j'en avais, au milieu même de son chant, les larmes aux yeux.

– Pendant que tu jouais ?

– Tu sais, on n'a pas tellement de travail avec un lied. On joue peu. Tout est fait pour servir de soutien à la voix et même de simple silence. J'ai eu la sensation qu'elle m'aidait définitivement à effacer mes blessures, mes abandons, cette mélancolie qui a été moi. Comme si cette beauté effaçait tout.

Franz s'est agité.

– Quelle beauté ? Comment définis-tu la beauté ? C'est quoi, la beauté ?

– Ah, Franz, c'est quoi... J'admire ton objectif lorsque tu me dis que tu veux essayer de comprendre le vide et l'infini, mais la beauté, je ne crois pas qu'il faille essayer de la comprendre. Je la reçois, c'est tout, il n'y a rien à comprendre à ce qui est beau.

– Mais alors, qu'as-tu fait, dis-moi, je veux savoir, qu'est-ce que tu as ressenti ?

– J'ai ressenti que le malheur était derrière moi.

– Sûrement ?

– Je ne sais pas.

Ce que je savais était assez simple, mais au moment même où je parlais avec Franz, il m'était encore impossible de le formuler. Je ne sais pas bien décrire. Les mots peuvent me manquer. Élevée dans la musique, je n'ai pas appris le pouvoir des mots. Curieusement, cela ne me dérange pas. La musique me suffit.

Ce soir-là, après le concert, dehors, il avait plu. Tout brillait sur la place encore humide et, sur le lac à l'eau lourde et sombre, une sorte de poudre bleue semblait tournoyer autour des loupiotes des bateaux de la compagnie qui allaient entamer leur ultime voyage de la journée. J'avais aimé cette nuit, j'avais senti un profond changement. Tout l'orgueil que j'avais si mal placé pour me défendre et me défaire de la rupture décidée et imposée par Luca, les préventions que j'avais entretenues à l'égard des membres de l'orchestre, ma solitude et mon enfermement, tout cela avait été balayé par le seul génie de la soprano et la plainte déchirante de Schubert : *la Nuit et les Rêves*. Je m'étais sentie détachée de leurs rangs. Puisque la musique pouvait être un tel salut, il me fallait sortir du lot, m'élever au-dessus de moi-même. Échapper à la force des choses. À ce que j'avais pris, à tort, pour une fatalité. Cette nuit-là, mon destin de soliste s'était décidé. J'avais eu cette pensée tenace et fière : à partir de maintenant, je dois faire en sorte de m'arracher à l'anonymat, à la moyenne, à la prise en charge par un chef et un groupe. Moi aussi, je peux me retrouver un jour seule, devant eux, et aux côtés d'un chef, pour offrir la même beauté avec mon instrument que cette femme le fait avec sa voix. Je veux voir apparaître la tache sous le menton dans le cou, cette tache sur la peau des solistes qui atteste des heures de travail au violon, seuls et isolés, acharnés, ayant franchi un cap. Je savais que ce serait très difficile. J'aurais dû commencer avec une telle ambition dans la vie et franchir les épreuves initiatiques nécessaires à ce chemin, les efforts, la discipline, et il me faudrait refaire toutes sortes de retours, chercher toutes sortes de modèles, saisir toutes sortes d'occasions, mais je ne pouvais plus me contenter de battre mon archet sur mon pupitre au spectacle du talent des autres. Un jour, ils le battraient pour moi.

– C'est de la vanité, tout ça, c'est une recherche de satisfaction de ton ego ?

– Mais non, je ne crois pas, ne me juge pas comme ça. J'ai du mal à m'exprimer, sans doute, mais c'est plus fort, plus serein que ça. C'est la conviction que l'émotion que m'apporte la musique et que je peux, moi, apporter à d'autres, va me faire sortir de l'état dans lequel je me trouve depuis si longtemps. Tu sais, il y a une formule que je déteste, qu'on utilise entre nous les musiciens. Pour parler du rang où sont assis les violonistes de mon niveau, on appelle ça « la vase ». Je déteste ça. Je veux de toutes mes forces m'extraire de cette vase. Je ne sais pas bien l'exprimer, je suis désolée, mais c'est ça.

– Tu l'exprimes très bien, arrête de te sous-estimer.

J'ai regardé Franz. Lorsqu'il émettait ainsi, du haut de son enfance, des jugements rassurants et définitifs sur le ton d'un vieil oncle ou d'un professeur de morale, on éprouvait l'envie de passer une main le long de sa joue, il vous rendait maternelle.

– Je t'adore, Franz.

Il a sursauté.

– Non, il ne faut surtout pas dire ça, parce que moi, je t'aime. « Je t'adore », c'est exagéré, donc ça n'a pas de sens.

Il a continué :

– Dire à quelqu'un « je t'adore » veut dire qu'on ne l'aime pas vraiment.

– Mais bien sûr que si, je t'aime, Franz.

Il s'est levé, solennel. Il a amorcé un pas en avant vers le lac en me tournant le dos, puis il est revenu pour me faire face, assise sur le banc. Il avait cette allure droite que l'on voit chez les témoins dans les procès, juste avant qu'ils soient obligés de jurer de dire « rien que la vérité ».

– J'ai une déclaration à te faire, a-t-il dit.

Il a pris une inspiration, gonflant sa poitrine, les yeux fermés.

– Voilà. Tu es arrivée dans ma vie d'abord comme une silhouette solitaire sur un banc. Je t'ai observée longuement avant de me décider à te rejoindre. Je venais d'obtenir, de la part du principal du pensionnat, la permission de m'absenter à l'heure du déjeuner dès que le beau temps le permettrait, au début du printemps, et d'éviter de côtoyer les autres à la cantine. Le statut particulier dont je jouis au pensionnat m'a permis de gagner ce privilège : courir dans les rues de la ville pour aller voir les canards sur le lac, les montagnes au-delà du lac, le ciel au-delà des montagnes, et réfléchir à l'infini tout en mangeant les sandwiches confectionnés par Frau Schneider.

– Qui est Frau Schneider ?

– Ne m'interromps pas, s'il te plaît. C'est la femme du gardien de l'entrée, elle est responsable de l'intendance, des dortoirs et de la cantine. Mais, s'il te plaît, ne m'interromps plus, laisse-moi aller au bout de ma déclaration.

Il a repris une inspiration, les yeux bien ouverts cette fois.

– Au lieu de suivre le vol des cygnes et le va-et-vient des canards, j'ai été, dès le premier jour, attiré par la silhouette d'une jeune femme dont la démarche trahissait la solitude. Et pas seulement la démarche, mais aussi la façon dont, tête penchée, dos courbé, regard perdu, elle croquait dans une pomme ou un biscuit, et je me suis tout de suite attaché à elle. Ma curiosité a redoublé quand le lendemain, à la même heure, et les jours qui ont suivi à la même heure, j'ai revu cette jeune femme qui semblait enfermée dans sa solitude et qui, d'une certaine manière, semblait la chérir, semblait aimer cet isolement. Je me suis dit : on peut donc être aussi solitaire que je le suis, aussi dépourvu d'amitié et de compagnie. Elle répétait les mêmes gestes, comme un rite. Ça m'a intrigué, ça m'a ému. J'ai décidé d'acquérir une paire de petites jumelles de spectacle...

– Quoi ?

– Oui, il ne faut pas m'en vouloir, il ne faut pas prendre ça mal, je t'en prie, je ne suis pas un voyeur, je voulais m'assurer de ce que tu faisais, de ce qui se lisait sur ton visage.

– Tu veux dire que tu m'as espionnée ?

– Mais non, mais non, et puis je t'en prie, je t'avais demandé de ne pas m'interrompre. Je suis debout là devant toi, et c'est déjà très difficile de te dire les sentiments que j'ai pour toi. Alors, ne me parle pas d'espionnage, s'il te plaît. Je t'ai regardée, ça n'est arrivé qu'une fois, les jumelles. Tu vois, je ne les porte pas sur moi. Du jour où j'ai compris que tu appartenais à la même famille que moi, j'ai abandonné cet accessoire, il est dans le tiroir de ma table de nuit.

– De quelle famille parles-tu ?

– Ben, on pourrait appeler cela la famille des manquants, hein. Ceux qui manquent de tendresse, par exemple, hein.

– Continue.

– Ben, voilà.

– Quoi ?

– J'ai eu envie de te rejoindre. Je l'ai fait. Nous avons parlé et tu m'es peu à peu devenue nécessaire, hein...

Pour la première fois depuis que je l'avais rencontré, Franz semblait chercher ses mots. Sa belle insolence dialectique, ce langage qui n'était pas de son âge, disparaissait pour faire place à des « ben », des « euh », des « hein », une timidité, une maladresse qui ne l'empêchèrent pas d'aller, comme il me l'avait dit, au bout de sa « déclaration » :

– Et je t'ai aimée de façon progressive mais assez rapide, tout compte fait. Et comme, de ton côté, tu es quelqu'un qui a été abandonné au moins deux fois et qu'il n'y a plus d'amour dans ta vie, j'en ai déduit que nous pourrions nous aimer l'un et l'autre. Nous aimer d'amour. Non seulement nous pourrions, mais nous devions. Ça m'a semblé, comment te dire, indispensable. Inévitable. Souhaitable. Je le souhaite de tout mon cœur. Je voudrais qu'on s'aime, mais comme des amoureux. L'amour amoureux, pas une autre forme d'amour.

Il s'est tu. Je pouvais lire sur ses traits une sorte de soulagement, d'épuisement, mais aussi de l'anxiété. Il était beau et attendrissant et je ne savais comment répondre. Sourire, comme je le faisais depuis qu'il s'était levé pour faire son discours ? Sourire, certes, car il forçait le sourire, mais je voyais bien aussi qu'il aurait pu interpréter cela comme l'amorce d'une moquerie, l'expression de ma supériorité, de ma condescendance, et je craignais de le blesser. Je n'ai rien dit, me contentant de le regarder, figé et raide dans le sérieux extrême de sa déclaration. Sa gravité m'a touchée. Cet enfant n'en était plus un, mais il n'était pas un homme. Il se trouvait à cet instant fragile, précaire, où l'on va basculer vers l'adolescence. Rien, encore, dans son allure, sa voix, ses gestes, le simple contact de sa main, n'annonçait l'éclosion de la puberté. Il demeurait un petit garçon aux contours flous, à l'identité d'autant plus indéfinie que je ne savais véritablement rien de lui – des bribes, des allusions à un événement dont on aurait dû l'« éloigner », mais rien. Il m'avait intriguée, séduite par son charme et son sérieux, l'étrange maturité de ses mots et de ses réflexions, et, surtout, par le réconfort progressif que sa présence quotidienne m'avait apporté. Il avait subtilement, rapidement, pris une place dans ma vie de chaque jour.

J'attendais nos rencontres. Elles m'avaient en partie permis d'oublier mes échecs, ce cœur fêlé, ce corps laissé pour compte, ces illusions perdues. Comme je restais silencieuse, il a repris la parole :

– Tu ne dis rien. Bon. Je ne te demande pas de me répondre sur-le-champ.

Son innocence alimentait son rêve. Il avait retrouvé du flegme, néanmoins, et jouait de nouveau à l'homme. Organisé, articulé, contrôlant la situation, ou croyant la contrôler.

– Réfléchis bien à ce que je t'ai dit. Nous en reparlons demain. C'est important.

Il a répété :

– C'est important.

Sur cette notion d'importance qui lui gonflait la poitrine et faisait briller ses yeux, il s'est enfui vers le boulevard. Je l'ai vu éviter un cycliste, puis une moto, contourner un tramway et disparaître vers le pont historique, et j'ai souhaité qu'il ne lui arrive aucun malheur.

13

– Franz, oui, je me suis prise d'affection pour toi et tu es précieux dans ma vie, tu es devenu un ami, nous sommes deux amis, sans aucun doute. Les amis s'aiment, il n'y a pas de grande différence entre l'amitié et l'amour.

– Si, je t'interromps. Je sais très bien qu'il y en a. Le monde entier le sait. Et tu le sais toi-même : il y a une différence.

– Mais, Franz, soyons sérieux.

– Comme si je ne l'étais pas...

– Bien entendu. Ce que je veux te dire, c'est que tu cherches et tu demandes l'impossible. Regarde-toi, regarde-moi, nous n'avons pas le même âge, notre corps n'a pas le même âge. Je suis une femme, tu n'es pas encore un homme. Cet « amour amoureux » dont tu parlais hier, tu dois comprendre qu'il n'est pas possible. Et quand bien même nous aurions le même âge, ces choses-là ne se décrètent pas, ne se décident pas comme un projet, sur un banc face à un lac. Tu es trop intelligent pour ne pas comprendre ce que je suis en train de te dire.

– Je ne suis pas d'accord avec toi. Mais pas du tout d'accord !

J'ai ri, cette fois sans retenue. Même si je devais le heurter, il fallait bien qu'il entende ce rire. Ça ne l'a pas troublé. Il conservait la même expression déterminée, ce même regard assuré, cette même volonté presque butée.

– Je vais te dire pourquoi je ne suis pas d'accord avec toi.

– Dis-le-moi, Franz, dis-le-moi.

– Pour moi, l'âge n'a aucune importance. Je vais peut-être te sembler sévère, mais je trouve que c'est un peu déplacé de ta part, expéditif et superficiel de te servir de l'âge pour éviter l'aventure d'un amour. Depuis la nuit des temps, les êtres humains s'aiment d'amour, quelle que soit la différence. L'amour n'a pas d'âge. Il n'y a pas d'amour impossible. Tout amour vaut mieux que le manque d'amour.

– Ce sont des mots, des formules. Il existe entre toi et moi une barrière que tu n'as pas encore franchie. Ne m'en veux pas de te le dire. Je peux difficilement l'exprimer d'une autre manière. Ne m'y oblige pas.

– Je ne t'oblige à rien. Je suis prêt à attendre que la barrière dont tu parles soit franchie. Je suis prêt à t'aimer sans être aimé en retour. Tout ce que je te demande, c'est de ne pas briser mon cœur.

Un orage a éclaté. Il arrivait de loin, des montagnes à l'est. Le gris, puis le noir avaient envahi le ciel depuis quelque temps, mais je n'avais prêté aucune attention à l'afflux soudain des nuages et au brutal refroidissement de l'atmosphère au-dessus du lac. En quelques secondes, une pluie drue et dense s'est abattue sur nous, à quoi sont venus se mêler d'innombrables petits grêlons durs qui crissaient sur les vêtements et faisaient un bruit sec sur le banc, sur la peau des mains, sur le visage. Ça faisait presque mal. Franz a crié :

– Partons nous abriter, là-bas, de l'autre côté.

Les passants, les occupants des autres bancs, les parents avec leurs enfants, les marchands de confiserie et de cartes postales, toute cette petite humanité s'est dispersée sur les quais et les rives. La violence de l'orage avait pulvérisé le calme et le rythme lent de cette heure pendant laquelle, benoîte, la ville observait sa pause provinciale et routinière. On a vu surgir presque instantanément des masses d'eau le long des trottoirs et sur les rails du tram, la lumière avait disparu, il faisait comme nuit. Nous avons couru, main dans la main, dans le fracas et les éclairs vers le premier abri accessible, une porte cochère d'un magasin d'horlogerie. Franz a défait la veste de son uniforme bleu pour me la tendre afin de couvrir mes épaules. J'ai ri après l'avoir essayée.

– Trop petit pour moi, Franz, trop petit.

Alors il a eu un regard aigu et rapide, suivi d'une grimace triste, comme on peut lire sur le visage des jockeys à la fin d'une course perdue. J'ai vu passer cette blessure, mais aussi une dérision, la prise de conscience abrupte d'une réalité plus forte que l'innocence de ses rêves. Il m'a dit :

– Ça va, j'ai compris. D'accord. « Trop petit. » Rends-la-moi.

La circulation s'était immobilisée. On ne voyait rien, plus un piéton, les canards, les cygnes, les mouettes avaient disparu. Il pleuvait de plus en plus fort. Les quais, les allées sous les arbres, la gare et les rebords du lac secoués par de lourdes vagues, tout était déserté. Les flots étaient noirâtres, les deux vieux steamers tanguaient et semblaient incapables de suivre le cours habituel de leur manœuvre. Je me suis penchée vers Franz, à demi agenouillée pour me retrouver à sa hauteur, mon visage près du sien. La pluie avait ruisselé sur ses pommettes, ses cheveux et son front, et je ne pouvais distinguer s'il y avait des larmes sous ses paupières ou s'il s'agissait de la pluie. Il continuait cependant de sourire. Il était beau. C'était la première fois, depuis que j'avais fait sa connaissance, que nous nous trouvions dans une situation de corps contre corps, joue contre joue, et je l'ai serré dans mes bras en même temps qu'il a lancé ses bras autour de mon cou. Nous sommes restés ainsi enlacés pendant quelques secondes, sans parler, sans chercher d'autres gestes. Puis Franz s'est écarté. Je me suis redressée. Il a levé la tête vers moi.

– Je te laisse.

– Il pleut encore beaucoup. Attends un peu, tu vas être complètement trempé.

– Non non, je ne veux pas être trop en retard. Au revoir. À demain. Du moins, je l'espère.

En lui restituant la veste de son uniforme, j'ai pu voir sur la doublure, à l'intérieur de l'encolure, quatre initiales cousues de fil rouge sur fond bleu : F.X.V.H.

14

La pluie s'est bientôt calmée. Plusieurs coups de vent puissants ont balayé l'air au-dessus du lac et des toits gris. Les activités normales ont semblé reprendre, d'abord au ralenti, puis à une vitesse familière. La lumière du jour est revenue aussi rapidement qu'elle s'était évanouie au profit de l'opacité sombre de la tornade. J'ai entendu à nouveau quelques cris de mouettes, la sirène du *Stadt-Luzern* a retenti pour appeler les passagers. Il était temps que je revienne vers la salle de concert.

S'il n'y avait eu les immenses flaques d'eau qui obligeaient les passants à toutes sortes d'acrobaties, s'il n'y avait eu les éclaboussures dues au passage des véhicules, ces giclées de liquide glauque qui rejaillissaient vers le trottoir, s'il n'y avait eu, surtout, sur le pavé mouillé, les milliers de petites boules blanches de grêle qui fondaient à toute allure, on aurait à peine pu croire que, pendant quelques minutes, l'orage était passé, dominant tout, régissant tout, avec sa violence et ce pouvoir objectif d'accélérer le cours des choses. Comme si une force inconnue était venue, de façon incohérente, nous envoyer les signaux du changement, les mouvements inattendus de nos existences.

Lorsque j'ai rejoint mes collègues, l'un d'eux m'a demandé de passer voir le chef des musiciens, une sorte d'intendant général qui veillait au fonctionnement de l'ensemble, un homme au bon regard, au parler lent et doux. Il avait toujours eu une attitude bienveillante à mon égard. Il m'a annoncé que l'orchestre allait se déplacer à l'étranger et que je ferais partie du voyage. En outre, il m'a dit que, lors de notre séjour à Londres, je pourrais – puisque j'en avais fait la demande après le choc que j'avais ressenti lors des lieder de Schubert interprétés par la soprano – faire acte de candidature pour une bourse d'études et un stage de perfectionnement. Si je souhaitais abandonner ma condition de musicienne de rang, l'occasion était là.

– Vous savez, mademoiselle, m'a dit le brave

homme, avec ce rythme ralenti propre à son pays, vous savez, ce que vous tentez de faire est assez singulier. Ça n'arrive pour ainsi dire jamais qu'un musicien de rang puisse dépasser son niveau et accéder à celui de soliste. Vous le savez bien, n'est-ce pas ?

– Je sais, ai-je répondu.

– Cela ne vous empêche pas d'essayer, bien sûr. Mais enfin, n'est-ce pas, la vocation, c'est aussi une question de don et de talent. Si vous n'êtes pas sortie du rang très tôt, ou même si vous n'en êtes pas sortie du tout, c'est qu'il y avait des raisons. On fait ce qu'on peut dans la vie, et si on ne peut pas plus, eh bien, on ne le fait pas.

J'ai préféré ne pas répondre. Je ne crois pas qu'il essayait de me dissuader ou de critiquer mon choix. Je n'éprouvais aucune envie de lui raconter ce qui, lorsque j'avais douze ans, m'avait privée, freinée, inhibée. En effet, il y avait des raisons, mais je les gardais pour moi.

J'ai pensé à Londres où je n'étais plus revenue, j'ai pensé au vide de mon enfance, Londres où l'on avait enterré mon père. J'ai eu la vision du cimetière et de cette tombe que je n'avais jamais fleurie. Je me suis dit que c'était un autre signe. J'ai levé les yeux vers l'intendant et l'ai remercié. Il m'a dit avec sa bonhomie habituelle :

– Je vous souhaite bonne fortune et bon vent.

Le soir, j'ai prévenu ma tante. Le départ devait avoir lieu dans les quarante-huit heures.

Je m'apprêtais à quitter Lucerne sans regrets, pressentant que je ne retrouverais pas avant longtemps ce lac et ces nuages et que ma vie allait changer ailleurs, se faire ou se refaire. Je savais que je ne reverrais plus Luca, l'homme qui m'avait initiée à l'amour charnel et qui m'avait brisé le cœur. Je savais que je pourrais l'oublier, mais il était sans doute la seule personne à qui j'aurais eu envie de dire adieu. La seule, avec le petit homme-enfant, le petit enfant-homme, qui, sur un banc, en l'espace de quelques rencontres, m'avait mystérieusement permis de cicatriser mes blessures.

Franz, à qui je redoutais soudain d'avoir à annoncer la fin de quelque chose.

15

Nous étions entrés dans l'été. J'avais connu Franz aux derniers jours du printemps. Les journées étaient plus longues et plus chaudes, les hommes étaient en chemise, les femmes en jupe légère, deux nouveaux marchands de glaces avaient installé leur carriole au milieu de l'esplanade qui précède l'abord des quais. Il y avait dans l'air une odeur de pomme ou de mirabelle, je ne sais pas – souvent, venues du lac ou des montagnes, des senteurs de fruits et de plantes flottaient ainsi autour de vous, puis elles s'évanouissaient subitement sans qu'on ait eu le temps de les identifier.

– Franz, je vais quitter la ville.

– Comment ça ?

Il était arrivé avant moi. J'avais aperçu sa silhouette de dos lorsque j'étais sortie du Concert Hall et cette présence qui m'avait irritée la première fois que je l'avais découverte me semblait désormais, familière, attendue, et me faisait sourire. Voilà, cela avait été l'une des vertus de Franz : il m'avait permis de retrouver le sourire. Le goût et l'envie de sourire. Il m'avait redonné une envie de vie. Curieusement, depuis notre rencontre, le temps, mon temps, s'était modifié. Des choix avaient été faits, sans que j'en prenne conscience. Franz n'y était peut-être pour rien, peut-être pas. Franz était mon tournant.

Sa grâce, sa fragilité dissimulée derrière la précocité de son verbe, le charme qui émanait de ses gestes et de sa personne, les questions qu'il posait et que je me posais à son égard avaient fait le reste, et je l'aimais d'une certaine matière, d'une étrange sorte d'amour. Il s'y mêlait de la complicité, une connivence teintée de tendresse et d'humour, le partage d'une solitude, la conviction tranquille que n'interviendrait jamais aucune douleur, aucun conflit. C'était un amour sans danger, sans engagement ni exigence, sans lendemain, un amour de passage, de transition, irréaliste et presque abstrait, sans action, le vol d'un papillon entre deux humeurs du ciel.

J'anticipais chaque jour, une heure ou presque avant la fin du travail matinal, ma rencontre avec Franz, et j'imaginais que, de son côté, achevant ses cours, il pensait, lui aussi, à ce que nous allions nous dire sur notre banc. Mais tout, soudain, avait changé. Depuis l'instant où l'intendant m'avait annoncé le départ de l'orchestre pour l'étranger, je me sentais happée par l'inconnu, traversée par des pointes d'exaltation, envahie par la curiosité de la page qui se tourne. J'avais une totale ignorance de l'avenir, comme la plupart des gens. Je savais que je quittais les rives d'un lac pour aller vers une mer inconnue et cela me faisait trembler. Cette émotion était si forte que je souhaitais la partager avec Franz, mais je craignais de l'attrister. Devais-je lui annoncer mon départ sans précaution – ou jouer avec lui, attendre l'occasion propice ?

Il ne m'avait guère laissé de chance. Il était volubile, comme pour empêcher que j'intervienne. Comme si, avec sa surprenante prescience de l'événement, il avait deviné que j'avais quelque chose d'important à lui dire – ou bien l'avait-il lu sur mon visage ?

– Bien sûr, bien sûr, avait-il commencé dès que nous nous étions revus et sans préambule – sans même dire bonjour, sans un baiser sur la joue, le sac en papier contenant ses sandwiches à peine posé sur le banc –, bien sûr, on peut se poser toutes sortes de questions sur ce qui fait que deux personnes s'aiment. On peut s'interroger sur tout, en vérité, c'est bien mon problème, d'ailleurs, et c'est bien ce qui nous différencie des autres.

– Nous ?

– Nous, les précoces. Comment ils appellent ça depuis quelque temps ? Les surdoués. Ils ont trouvé ce mot : c'est le bon terme. Les surdoués. C'est ça, je suis un surdoué. On n'est pas très nombreux au pensionnat et ils ont eu l'intelligence de ne pas nous mettre ensemble, ils nous ont dispersés au milieu d'élèves souvent plus âgés. Mais c'est très compliqué, tu sais, malgré tout, quel que soit l'environnement dans lequel on se trouve, même si on nous disperse, on interrompt toujours tout le monde avec nos pourquoi. Pourquoi les planètes, pourquoi l'univers, pourquoi le vide et pourquoi l'infini. Alors, au bout d'un moment, on arrête de poser les questions à haute voix. Mais on continue en silence. Quand les gens m'expliquent qu'il y a eu une explosion et que c'est de cela que tout est venu, que tout a été construit, que l'univers est né, moi je veux bien. Mais avant l'explosion, il y avait quoi ? Le vide ? Est-il possible, je te le demande, est-il possible qu'il y ait eu, dans la nuit de la nuit des temps, du vide, du rien ? Le rien avant le début de l'univers, est-ce possible ? Est-il concevable qu'à un moment donné de l'histoire de l'univers, il n'y ait pas d'histoire ? Est-ce qu'on peut imaginer le Rien ?

– Comment veux-tu que je te réponde ? ai-je dit.

– Alors, puisqu'il n'y a pas de réponse satisfaisante à cela – et d'ailleurs, y a-t-il beaucoup de réponses aux questions importantes ? Non. Alors, que veux-tu, on s'interroge sur soi. Pourquoi suis-je ainsi ? Pourquoi ai-je reçu cet excès de dons à ma naissance, pourquoi personne ne s'en est-il aperçu ? A-t-il fallu attendre un événement terrible dans ma vie pour que l'on comprenne que je n'étais pas comme les autres – ou bien est-ce l'événement lui-même qui m'a fait ce que je suis ?

– De quel événement parles-tu ? Qu'est-ce qui t'est arrivé ? Où sont tes parents ? Qui sont tes parents ?

Je ne m'attendais pas à ce qu'il réponde. Il s'est tu, en effet. Il a eu ce geste des petits enfants qui, le soir, avant de s'endormir, recherchent la masse du corps d'un adulte, une épaule, un bras, une poitrine, de la densité et de la chaleur. Il s'est penché sur mon avant-bras, fermant les yeux. J'ai caressé ses cheveux noirs. Il s'est passé de longues minutes avant qu'il se détache de moi et reprenne sa place à mes côtés. C'était le moment de tout lui dire :

– Franz, je vais quitter la ville.

– Comment ça ?

– Je vais partir. Je m'en vais. C'est une occasion, c'est une obligation, c'est une nécessité.

– C'est-à-dire ?

Je lui ai tout raconté. Il m'a écoutée avec cette attention si intense qu'il donnait à ses moindres attitudes, et à mesure que je déroulais mon histoire, son sourire s'élargissait, fendant son visage, révélant cette lumière qui m'avait charmée dès notre première rencontre.

– Je suis heureux pour toi, m'a-t-il dit, véritablement très heureux. Je suis très malheureux pour moi, mais il paraît que le bonheur, c'est le malheur accepté.

– Je l'ignore. Tout cela n'a rien à voir avec toi. C'est ma vie qui bascule, c'est tout.

Franz a cessé de sourire.

– J'ai très bien compris. Je comprends aussi que je vais enfin comprendre ce que ça veut dire, avoir le cœur brisé.

Il s'est levé, une urgence et une fébrilité dans les yeux. Il s'agitait devant moi, comme pris par une sorte de transe.

– Il faut que je m'en aille, il faut que je m'en aille, sinon je vais pleurer, et je ne veux pas que tu me voies pleurer.

Tout aussi brusquement, il s'est immobilisé. Son visage est redevenu lisse, étonnante et subite transformation.

– Pardon, je suis irrationnel et sentimental. Pardon. Courte bouffée d'hystérie. Vite maîtrisée. Je ne vais pas t'embarrasser. Tout va bien. Contrôle total de soi. Quand pars-tu ?

– Demain.

– C'est donc la dernière fois que nous nous parlons et que nous nous voyons.

– Sans doute, Franz.

Il a éclaté de rire.

– Mais ne prends pas ce ton triste. Ce qui t'arrive est providentiel. Tu vas quitter une routine, l'engourdissement de tes gestes, pour t'adonner encore plus à ce qui t'a sauvée, la musique. J'aurais aimé au moins une fois te voir jouer en concert. Mais j'ai réfléchi. Contrairement à ce que j'avais affirmé, je ne suis pas certain que j'aurais pu t'envoyer les ondes de ma présence dans la salle. J'ai bien analysé ce que tu m'as dit un jour : quand on joue, on ne peut faire que cela, n'est-ce pas ? Jouer ! Se concentrer sur son instrument, sa partition, le mouvement de la symphonie, le groupe. Quelle chance vous avez, vous les musiciens, de ne pouvoir penser à rien, à rien d'autre qu'à ce que l'on fait au moment où on le fait ! C'est exceptionnel.

– Tu as tout compris. Ton intelligence et ton intuition m'ont toujours épatée. Tu saisis la vérité sans avoir même à raisonner, c'est déroutant, parfois.

Il a hoché la tête. Il avait l'air plus vieux, tout d'un coup. Je voyais son visage devenir pensif, mélancolique.

– Bah, on verra bien si ça dure, on verra bien si le passage fatal à l'adolescence, puis à cet âge que l'on dit adulte, me permettra de conserver ces facultés qui pèsent lourd. Tu sais, c'est trop lourd d'être aussi différent des autres. C'est angoissant. Et puis, on passe son temps à se critiquer. On dort mal. On cauchemarde. Le banc, le lac, tous les jours avec toi, c'était ce dont j'avais le plus besoin. Ça va faire mal de ne plus avoir ça en perspective quand on se réveille le matin.

– Mais tu ne l'as pas toujours eu.

– Non, mais depuis que j'avais découvert cette perspective et que je m'y étais habitué, cela m'aidait. Ça donnait un sens à mes journées. C'est pas marrant, un lien qu'on a finement tissé et formé, et qui se déchire, comme ça, sec, d'un seul coup, sans aucun avertissement.

Il jetait ses bras en avant comme pour chasser une mouche qui l'aurait importuné.

– Mais, enfin, c'était mieux que rien, non ? Tu ne voulais pas appeler cela de l'amour, mais enfin, c'était ça tout de même, non, ce qui se passait ?

– Si tu veux, Franz.

– C'était une forme d'amour. C'est mieux que rien. Tu disais qu'un vrai amour entre nous eût été impossible, mais il n'y a pas d'amour impossible, je te le répète. De toute façon, sans amour, on n'est pas grand-chose. Et c'est ça que je vais devoir affronter maintenant.

– Tu y arriveras, Franz. Tu es fort.

– Pas plus fort que toi. Pas moins fragile. Est-ce que tu te rends compte que je ne connais même pas ton prénom ?

– Tu ne me l'as jamais demandé. Je m'appelle Clara.

Son visage s'est éclairé. L'énoncé de mon prénom semblait le réjouir. Il s'est rassis. J'ai repris sa main dans la mienne.

– Réfléchis un peu, lui ai-je dit. Il y aurait eu les vacances scolaires et la fin de l'été. On n'allait pas continuer à se voir sur ce banc, comme ça, toute la vie.

Il a retiré sa main pour l'agiter à nouveau de façon négative. Presque violente.

– Je sais, je sais, tu ne vas quand même pas me servir le cliché selon quoi rien ne dure.

– Et toi, tu ne vas pas être agressif avec moi. On va se quitter, maintenant, alors on s'embrasse.

– Non, non, pas la peine. À mon avis, là, j'ai largement dépassé l'heure à laquelle j'aurais dû rentrer au pensionnat. Tant pis, j'en paierai les conséquences. Ça n'est donc pas moi qui vais partir en premier. Vas-y, va-t'en, je veux te regarder partir de dos. Je ne t'ai jamais vue autrement qu'arrivant, jamais partant. Va t'en.

Nous nous sommes levés et je l'ai tout de même embrassé sur les deux joues. Elles étaient fraîches. J'ai repris le chemin du Concert Hall et je me suis retournée, mais seulement au bout d'une centaine de mètres. Il s'était dressé, debout sur le banc, et il ouvrait et fermait la main comme font les Italiens pour dire au revoir, pour dire ciao, avec des petits et courts mouvements des doigts repliés vers les paumes, tel un clapet. Sa courte silhouette bleue se dessinait toute droite dans l'espace. Je crois qu'il criait quelque chose, mais j'étais déjà trop loin pour comprendre ce que Franz avait encore à me dire et le son de sa voix était recouvert par le ululement de la sirène du steamer qui faisait son entrée dans le port. Il était 14 heures.

Comme le poète anglais, je crois qu'un moment de beauté s'organise selon des lois de composition bien plus fortes que tout ce que l'esprit humain aurait pu concevoir. Mais j'ai déjà dit que j'ai du mal à définir la beauté. Chaque instant est unique, chaque jour je devrais considérer l'univers comme s'il m'était offert pour la première fois. Je retiens cette minute de grâce, figée dans ma mémoire, où tout se mêlait mystérieusement, le vent léger venu des montagnes qui faisait danser les feuilles des magnolias, un envol de cygnes, le frémissement d'une troupe de canards sur l'eau que le soleil teintait d'émeraude, le mouvement lent du vieux bateau à vapeur, et, debout sur un banc, le petit personnage qui m'envoyait je ne sais quel message d'amour et dont la gracile figure, perdue dans cet ensemble, était, en réalité, le point exact de rencontre avec la beauté.

16

Un jour, à Londres, alors que je rentrais de mes trois heures quotidiennes de leçon particulière avec le professeur qui avait accepté de relever le défi de transformer un musicien d'orchestre en soliste, je me suis arrêtée dans une de ces librairies-salons de thé dont le genre commençait à fleurir dans les pays anglo-saxons. On s'installe, on boit quelque chose, on s'assied à même le sol pour feuilleter des livres, des revues, des vieux magazines. Les gens vont et viennent comme s'ils étaient chez eux, des enfants jouent dans des coins réservés, la plupart du temps il fait chaud, de gros chiens somnolent au pied de larges canapés.

•

Il y avait près d'un an que j'avais quitté Lucerne. Après un séjour à Londres, l'orchestre avait entamé une tournée dans le nord de l'Europe et j'avais décidé de l'abandonner pour rester seule en ville et me consacrer entièrement à mon projet fou.

« Vous avez trop longtemps joué dans un orchestre, m'avait dit le professeur. Vous étiez une enfant douée. Les ruptures dans votre existence ont fait que vous n'avez pas pu suivre la filière du soliste et l'on peut concevoir que vous avez perdu votre étincelle, votre ambition, en intégrant un orchestre et en rentrant dans le rang. Je crois que vous avez été sous-utilisée, d'une certaine manière. Car vous possédez certainement ce qui est nécessaire pour sortir de ce rang. Mais vous vous êtes médiocrisée sans le savoir, ou en le sachant. Et puis, vous avez sursauté. Bravo ! »

Il avait continué :

« Vous avez fait un choix courageux, orgueilleux et exigeant. Car ce que vous essayez d'obtenir arrive rarement dans le monde de la musique. Mais cela peut arriver. Il va vous falloir beaucoup de travail, d'acharnement même, mais cela ne suffira pas. Il faut aussi de la chance, des rencontres, des occasions, qui sont les cadeaux de la vie. Si la vie vous sourit, si votre volonté ne faiblit pas, si vous savez intéresser et convaincre le chef ou le mentor que vous rencontrerez sur votre route, vous y parviendrez. N'oubliez pas : de la chance, et du caractère ! »

Ma première chance avait été de retrouver cet homme qui m'avait servi de maître lorsque j'étais petite fille, avant la mort de mon père. Une autre chance avait été de découvrir, en prenant contact avec le chargé d'affaires de ma famille, que je pouvais disposer d'une petite rente me permettant de reprendre mes études sans avoir à trop me préoccuper de gagner de quoi vivre pour au moins quelque temps.

Je me suis assise sur le tapis du salon de thé de Old Compton Street et je suis tombée sur un vieux numéro d'un magazine mensuel mélangeant habilement les portraits de stars, les enquêtes sur les mœurs de la foire aux vanités internationales, les photos de mode et les recettes de cuisine – avec le ton et le style qui feraient, des années plus tard, le triomphe de ce genre de presse qu'on appellerait la « presse people ».

Mon attention s'est arrêtée sur un long article consacré à un couple à scandale, éblouissant, autodestructeur, dont les extravagances, les infidélités réciproques et le train de vie avaient défrayé la chronique du gotha bavarois quelques années avant la publication de cet article. Le Tout-Munich avait été fasciné, conquis et envoûté par les soirées, les déguisements, les dépenses somptuaires, la liberté de mœurs de ces aristocrates décadents. Puis, à force de révélations indécentes, d'apparitions de comparses étranges et pervers, de bris de vaisselle dans les restaurants, de crêpages de chignons et hurlements aux entractes de l'Opéra, de drogues, parties fines et autres horreurs, l'élite de la ville avait banni les scandaleux.

De nombreuses photos – en couleur ou en noir et blanc – illustraient l'article. Je ne savais pourquoi, les deux personnages me semblèrent familiers, quelque chose dans leur visage m'intriguait. Ils étaient beaux tous les deux, avec, chez l'homme, une allure supérieure, hautaine, des sourcils épais, des cheveux noirs, un large front, un sourire qui formait deux rides verticales sur ses longues joues aux pommettes hautes. La femme était aussi brune que le mari, grande et mince, peu de poitrine, une peau pâle, un maquillage violent, des yeux aussi étincelants que les diamants dont elle parait le lobe de ses oreilles ainsi que ses longues mains fines aux ongles rouge carmin. On les voyait en tenue de soirée, à la chasse, aux sports d'hiver, à un bal masqué, au pied de la passerelle d'un avion privé. J'ai scruté ces photos avec curiosité. Une intuition me poussait à aller au bout de ma lecture.

« *Klaus von Herzeghoern et son épouse Irina auraient pu et dû achever leur lamentable parcours dans un hôpital psychiatrique,* concluait le dernier paragraphe de l'article. *Séparés, réconciliés, remariés, se pourchassant l'un l'autre de résidence d'été en chalet de montagne, leur comportement et l'opprobre dont ils étaient désormais l'objet avaient fini par alarmer le conseil de famille Herzeghoern qui veillait aux intérêts et à la réputation de ce nom célèbre, cette immense fortune faite dans la bière et les aciéries.*

Mais le conseil était présidé par une très vieille dame qui eut la faiblesse de vouloir réunir à nouveau le couple en lui offrant une dernière chance d'effacer la honte et le scandale. Mal lui en prit. Le soir du réveillon du nouvel an, dans leur manoir situé aux abords de Munich, une violente querelle opposa à nouveau Klaus et Irina. On se perd encore aujourd'hui en conjectures dans la haute société bavaroise pour décider qui a tiré le premier sur l'autre. Il semble que, armés tous deux, lui d'un pistolet Webley Mark IV calibre 38, elle d'un fusil

Mauser 1943 calibre 8.57, les époux maudits aient réussi un double meurtre, quasi simultané. L'autopsie tendait à démontrer que ce fut la femme qui appuya la première sur la gâchette. Ce dont la police est certaine, en revanche, et ça n'est pas la moindre des horreurs, c'est que le fils unique des Herzeghoern se trouvait sur le lieu du massacre. Il était âgé alors de huit ans. »

Le magazine datait de quatre ans. Quand j'avais rencontré Franz, on pouvait lui donner douze ans, pas plus. Je me suis souvenue des initiales que j'avais vues sur le revers de la jaquette bleu marine de son uniforme : F.X.V.H. Je me suis souvenue de ses propos, de son incapacité à répondre à mes questions sur ses origines et le drame qu'il évoquait sans oser le raconter. J'ai confronté mon souvenir de son beau visage de gamin avec celui de l'homme dont le portrait occupait l'une des pleines pages du mensuel. Même sourire, même parfaite structure faciale. Et s'il avait fallu me débarrasser d'un dernier doute, un regard plus aigu sur une des photos du couple aurait suffi. Assis dans des fauteuils garnis de velours parme, on voyait Klaus et Irina entourés de deux ridicules chiens afghans, souriant artificiellement à la caméra avec, au fond du décor, sur un guéridon encombré de fleurs et de confiseries, le portrait en médaillon d'un bambin en costume de marin. C'était bien lui.

Alors, je m'en suis voulu de n'avoir pas donné à cet enfant aux portes de l'adolescence au moins l'illusion que, oui, en effet, nous pourrions nous aimer d'un amour d'adulte, lui qui cherchait si désespérément de quoi combler le « rien » de son existence. Je m'en suis voulu. Peut-être même ai-je eu envie de pleurer, assise sur la moquette du salon de thé. Depuis mon arrivée à Londres, je n'avais plus pensé à Franz. Plus du tout. J'avais tourné une page, comme je l'ai fait toute ma vie : « Efface, et continue. » Je ne lui avais sans doute pas assez offert de tendresse, je lui avais trop parlé de moi, j'aurais dû plus l'amener à ouvrir sa garde. J'avais rencontré un être d'exception et il eût fallu que je lui accorde plus d'attention. Le petit génie précoce avait besoin de chaleur humaine. Il me disait que ma simple présence lui en donnait. Je pensais maintenant que j'aurais pu et dû mieux le comprendre, et lui ouvrir plus souvent mes bras.

Amertume et regret se sont emparés de moi, comme un vertige, une nausée. De la tristesse aussi, une mélancolie douce. Je me suis sentie coupable. J'aurais dû plus lui mentir, plus l'aimer, lui dire que je l'aimais. Et puis, avec cet égoïsme farouche de l'artiste qui, désormais, me poussait à vivre ma passion, j'ai posé le magazine au sol et quitté le salon de thé, mais je n'ai plus jamais oublié le garçon sur un banc au bord d'un lac qui croyait qu'un amour impossible n'est pas impossible.

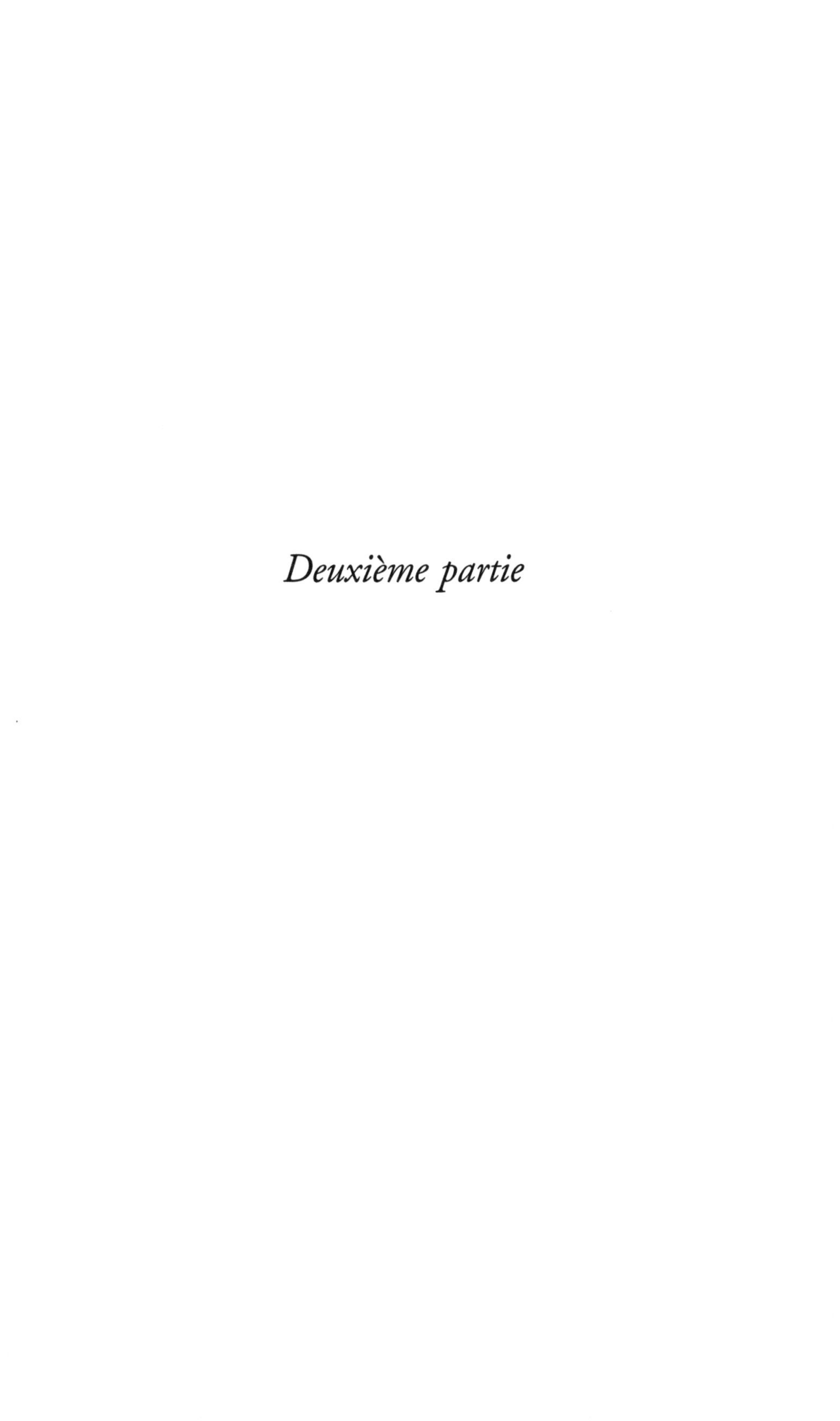

Deuxième partie

17

Nous sommes dix ans plus tard, à Boston.

Sur la scène du Boston Symphony Hall, malgré cinq à six rappels enthousiastes, une partie du public réclamant même un *bis*, Clara Newman, violoniste âgée de trente ans, est envahie par une sorte d'irritation insatisfaite.

Les membres du quatuor à cordes et le clarinettiste qui viennent d'interpréter le *Quintette avec clarinette en* la *majeur* K 581 de Mozart saluent, chacun tenant son instrument. Ils sourient et s'inclinent, partent vers les coulisses puis reviennent, le violoncelliste, puis le clarinettiste, puis l'alto et les deux violons, un homme et une femme, Clara. Ce soir, c'est elle qui a tenu le premier violon, et qui avait donc les phrases en charge, le second musicien mettant en valeur les harmonies.

Le clarinettiste a un talent éclatant, c'est un soliste

déjà célèbre. Le violoncelliste est jeune, fougueux, à la fois rieur et appliqué. Entre Clara et le deuxième violon, un homme inspiré et humble, cela s'est très bien passé. Mais c'est l'alto qui, dans l'enchaînement de la troisième variation de l'*allegretto*, est parti un peu trop tôt, à une nanoseconde près, ce qui a fait hésiter Clara, tout aussi brièvement, pendant une nanoseconde. Ce sont des choses qui arrivent. Ce n'est pas très grave. Dès qu'ils sont entrés en coulisse, après la première salve d'applaudissements, l'alto s'est tourné vers Clara.

– Je suis désolé, on avait pourtant bien respiré ensemble, je ne sais pas ce qui s'est passé. J'espère que tu ne m'en veux pas.

C'est un Italien, plus jeune que les autres, une fine moustache au-dessus de ses lèvres ourlées ne parvient pas à lui donner de l'âge. On dirait un enfant qui s'est peint un trait noir sur la face pour faire vieux et viril. Clara lui prend l'avant-bras avec douceur :

– Je t'en prie, Giovanni, répond-elle, ce n'est rien. On s'est tous rattrapés. Tout était bien.

Et puis, se tournant vers le clarinettiste, elle l'embrasse chaleureusement.

– Tu nous as donné le meilleur de toi-même. Bravo. Tu es merveilleux.

Les musiciens ont continué à se remercier réciproquement. L'un d'entre eux a allumé une cigarette, il a fallu revenir sur scène, les rappels sont toujours aussi forts et finalement le succès et l'euphorie de l'achèvement effacent cette minuscule anicroche. Pourtant, Clara, tout sourire face au public, recevant maintenant, comme c'est la coutume, elle, seule femme de l'ensemble, un grand bouquet de fleurs blanches et roses, ne peut tout à fait se défaire du sentiment d'inachevé qui l'a contrariée à partir de cette bavure, et ceci jusqu'aux notes finales. Elle se le reproche intérieurement.

Ton perfectionnisme relève de la maniaquerie obsessionnelle. C'est fini, oublie cela, se dit-elle. Sois heureuse. C'est cela qu'est censée t'apporter la musique : du bonheur.

Clara revient une nouvelle fois vers le clarinettiste et lui tend une des fleurs qu'elle a extraite du bouquet.

– Tu nous as tous inspirés, lui dit-elle. C'était incroyable. Tu vas chercher tes sonorités si loin.

Il la remercie. Les applaudissements se sont graduellement évanouis. Les musiciens ne reviendront plus sur scène. Le groupe va se séparer. L'alto embrasse la jeune femme.

– Encore désolé, Clara.

Elle lui rend son accolade.

– Arrête, je t'en prie, c'est fini !

Mais une pensée surgit en elle. Au fond, Giovanni n'est peut-être pas responsable du faux départ. Elle aussi est sans doute coupable. Au fil des années, Clara Newman a développé une discipline qui consiste à disséquer chaque minute de chacune de ses prestations. À un moment de la soirée qui suit un concert, que ce soit un solo, un duo, un quatuor, un quintette ou tout un orchestre, peu importe la représentation, elle a besoin de s'isoler pour passer mentalement en revue les moindres déroulements de son jeu. En général, elle procède à cette révision, ce « flash-back », dans son lit, la nuit tombée, avant de chercher un sommeil qu'il lui est toujours douloureux de trouver. C'est un peu le système des skieurs de haut niveau avant une course : les yeux fermés, ils mémorisent chaque virage et chaque bosse, chaque pente, et de leurs deux mains miment le parcours dangereux qu'ils vont entamer. Clara procède de la même façon mais, si l'on peut dire, après la course. À la suite d'un spectacle, il faut tout détricoter. C'est une sorte de répétition à l'envers. Il ne lui suffit pas d'avoir accompli son travail. Elle cherche avec acharnement pourquoi et comment elle n'a pas atteint le point, le niveau qu'elle s'était assigné.

Pourquoi et comment elle n'est pas encore montée d'un cran.

Un grand chef d'orchestre l'a prise sous sa protection depuis un ou deux ans. Il lui a dit un jour :

« Tu mécanises trop. Tu réfléchis trop. À force de vouloir trop bien faire, tu ne donnes plus ton âme, tu ne donnes que de la technique. On peut devenir fou comme ça. Où est ta joie ? Si tu ne l'as pas en toi, pourquoi voudrais-tu que le public la reçoive ? »

Clara est belle, elle possède un corps fin, une poitrine ample, des jambes longues et agiles. Son port de tête, sa chevelure qu'elle arrange souvent en chignon lorsqu'elle joue du violon, l'éclat de ses yeux noirs et une moue enjôleuse sur ses lèvres ont probablement joué un rôle dans la progression de sa carrière. Elle en est consciente. On pourrait imaginer qu'elle traverse l'existence comme une jeune princesse, sûre de soi, épanouie. Il n'en est rien. Il se dissimule, derrière ce beau visage, un constant remous, le doute, un questionnement. Le chef d'orchestre joue un rôle prépondérant dans sa vie d'artiste. Il est le « mentor » que son vieux professeur à Londres lui avait souhaité de rencontrer un jour.

Il est « sa chance ». Il est vraisemblable qu'ils ont eu une aventure amoureuse. Le goût du chef pour les belles femmes, musiciennes ou autres, est connu dans le monde de la musique. Et s'il n'a pas établi avec elle une liaison régulière et durable, il conserve à son égard une bienveillance qui l'a considérablement aidée. Ses conseils, la vision de son art, ses relations à travers la confrérie internationale de la musique, son expérience et son talent sont en train de transformer la jeune femme. Elle a tellement lutté pour devenir ce qu'elle rêvait d'être qu'elle vit dans un état d'autocritique permanente. Aussi, alors qu'elle a rejoint sa loge et qu'elle commence à ôter sa tenue de scène noire, Clara veut découvrir ce qui s'est réellement passé.

Elle croit avoir trouvé une piste : c'est sa faute. Elle n'a pas regardé l'alto au moment précis où il fallait le faire. C'est pour cela qu'il a mal enchaîné la troisième variation. Et si elle ne l'a pas regardé, c'est que, quelques fractions de seconde auparavant, alors que, écoutant le clarinettiste, elle relevait une mèche de cheveux sur son front, elle a eu un regard vers la salle et quelque chose l'a troublée. Elle est retournée à son jeu, mais elle n'a pas su relier suffisamment son regard à celui de l'alto. C'est pourquoi il a dérapé et n'a pas tout à fait lancé le thème comme prévu. Clara se sent soulagée : ça y est, elle sait ! Elle croit avoir compris la raison de leur minime défaillance. Ça l'apaise. C'était sa faute à elle. C'est impeccable : c'est conforme à l'imperfection qui la hante – ça satisfait son insatisfaction.

Maintenant, dans le silence ouaté de sa loge, interrompu seulement par les habituels bruits dans le couloir, les bruits d'après-concert, elle s'interroge : qu'est-ce qui a pu la déranger ? Qu'a-t-elle perçu, entendu, pressenti, deviné, qui ait ainsi fragilisé la minutie nécessaire au bon déroulement de l'*allegretto* ? Elle cherche, elle cherche, elle ne trouve pas.

Mais elle sait qu'une transmission invisible s'est produite. Il y avait ce soir, dans la salle, une particule différente qui a fait tressaillir ce que le chef appelle sa « mécanique ». Qu'était-ce ?

18

Ce n'était pas hostile, négatif ou désagréable, destructeur.

C'était comme une onde fugace, venue d'une partie de la salle, mais elle aurait été en peine de discerner s'il s'agissait du premier ou du dernier rang, de la gauche, de la droite, du balcon ou des fauteuils d'orchestre. Si elle avait voulu comparer cette sensation à ce qu'elle connaît le mieux au monde, c'est-à-dire la musique, Clara aurait dit que cela correspondait à ce qui peut vous arriver au départ d'une voix ou d'un instrument, juste après une ouverture. Ce qui soudain, sans raison, provoque en vous un frisson. Cela peut durer quelques minutes et vous voilà embarqué dans le morceau et vous n'en ressortez plus, et c'est un privilège. Cela veut dire que vous appartenez à cette catégorie chanceuse de l'humanité que la musique peut transcender. N'importe quelle musique. Il n'y a pas besoin qu'elle soit « classique ». Un air de guitare peut autant vous exalter. Et la plus banale romance et la moindre rengaine sont éternelle poésie.

Mais cette onde peut aussi n'intervenir que dans la durée d'un éclat de lumière – cette durée que les hommes de science et les ordinateurs évaluent en des chiffres que le plus sophistiqué des chronomètres ne peut intégrer. Ce n'est même pas le millième de seconde du cent mètres olympique. Il s'agit de l'infinitésimal. Du vacillement.

Clara est une sensuelle. C'est un paradoxe : la technicienne mécanique du violon, celle que le chef accuse parfois d'être trop laborieuse, est dotée d'une sensibilité extrême. Sans doute cette double personnalité, cette apparente contradiction, lui permettra un jour d'accéder à l'expression parfaite de son art, au plus haut niveau de sa mission. C'est une sensuelle qui a toujours été émue par l'éphémère des parfums, du vol des oiseaux, des reflets du soleil sur l'eau, de la poussière d'une lumière matinale au-dessus d'un pic de montagne. Elle pense que chaque être humain possède une capacité plus ou moins forte pour recevoir de tels éléments mystérieux, précaires, cristallins.

Elle croit aussi que les vibrations ne sont pas destinées à tout le monde et qu'elle a été la seule, ce soir-là, dans la salle, à capter cette onde.

Assise sur une chaise, face au miroir encadré d'ampoules, procédant au rituel du démaquillage – si elle n'est pas comédienne, elle se maquille pourtant avant d'entrer en scène –, découvrant une fine patte-d'oie au coin de ses yeux, de même qu'une aussi fine amorce de cerne sous une paupière – subtils avertissements du temps qui lui avaient, jusqu'ici, échappé –, Clara sent, à ce moment précis, qu'il va arriver quelque chose d'inattendu.

Aussi n'est-elle qu'à demi surprise lorsqu'on frappe à la porte de la loge et qu'après avoir dit : « Entrez », elle voit apparaître un grand jeune homme, tellement grand qu'il est obligé de se courber un peu pour entrer dans la pièce. Et elle n'est pas plus surprise de le reconnaître à l'instant même où elle croyait ne pas le connaître.

– C'était donc vous, dit-elle.

– Oui, c'est moi. Vous vous souvenez.

– Bien sûr, Franz.

19

Ensuite, ils se turent.

Elle eut deux réflexes immédiats, des réflexes de femme. Elle referma le peignoir sur sa poitrine, et passa une main derrière sa nuque afin de défaire le chignon de ses cheveux qu'elle secoua d'un mouvement de tête dans une ondulation souple des épaules. Puis elle l'observa sans rompre le silence.

Franz ressemblait précisément à ce qu'elle avait pu imaginer lorsqu'elle l'avait découvert sur le banc face au lac, dix ans auparavant – imaginer quel genre d'homme il deviendrait, un jour. Les sourcils épais, les pommettes hautes, le nez droit, et ce sourire qui illuminait un visage au front large, avec ce regard étrange, cette couleur vert et jaune dans les yeux. Tout cela, désormais, grandi et magnifié, comme adapté à sa maturation, à son accès à l'âge adulte, et le sérieux parfois excessif du gamin surdoué semblait avoir fait place à une espèce de sérénité, un calme impérial. Il était courtois, posé, avançant avec prudence, comme sur de la glace friable.

Il était sobrement habillé, très étudiant de la côte Est : une chemise au col à boutons qu'il avait déboutonnés, ce qui était devenu une mode, une veste de velours de couleur sombre virant vers le marron foncé, une paire de pantalons de flanelle anthracite. On était en hiver, il portait des chaussures un peu lourdes, à semelle épaisse, et tenait à la main une parka matelassée, de couleur identique à la veste. On eût dit que, conscient de la séduction qui se dégageait de chacun de ses gestes, Franz refusait toute extravagance vestimentaire, tout choix qui eût pu le faire passer pour un dandy, un flamboyant, un amoureux de sa propre personne. En cela, il n'avait en rien hérité de la morgue aristocratique que Clara avait devinée sur la photo du père suicidaire – et criminel – dans ce magazine qui lui avait révélé tout ce que l'enfant n'avait jamais osé lui dire.

De son côté, Franz regardait Clara. Mais comme elle était en peignoir, le visage encore luisant de la crème démaquillante qu'elle n'avait pas tout à fait gommée, il sentait que cela pouvait la gêner et il baissa les yeux.

Elle finit par parler :

– Donnez-moi quelques minutes afin que je m'habille. Attendez-moi dehors si vous le voulez bien.

Il tourna immédiatement le dos, comme s'il s'était attendu à cette offre. Elle lui dit :

– Avant, tout de même, confirmez-moi, vous étiez bien dans la salle, n'est-ce pas, c'était bien vous, cette présence ?

Il revint vers elle. Elle s'aperçut qu'il semblait danser en marchant. Il y avait quelque chose de fluide dans sa démarche et elle reconnut la grâce qu'il déployait lorsque, quittant le banc, il partait en courant vers le pensionnat. À l'époque, elle n'avait pas autant remarqué l'élégance de son corps, cette façon de bouger comme font les voiles des bateaux quand le vent est très rapide.

– Oui, dit-il en souriant, vous voyez bien qu'on peut ressentir, au milieu d'un public, qu'une personne et une seule pense à vous autrement qu'à une simple interprète. Vous vous souvenez, nous avions eu une discussion à ce sujet, je vous avais dit que j'y croyais et puis que je n'y croyais pas. De toute façon, vous n'étiez pas d'accord.

– Oui, oui, je me souviens.

– D'ailleurs, vous avez très bien senti les choses, vous aussi. Parce qu'il s'est passé un petit truc, n'est-ce pas, il y a eu un petit glissement de terrain à la troisième variation, non ?

Elle s'étonna. Elle éleva la voix. Ça l'irritait.

– Comment avez-vous pu entendre cela ? Il faut être vraiment très, très compétent pour saisir ça, vous êtes devenu musicien ?

Elle en était toute froissée. Elle serrait les poings.

– Ou alors, continua-t-elle, c'était donc aussi évident, aussi raté, aussi flagrant que cela, mes erreurs ?

Il eut un rire apaisant, sa voix se fit douce. Sa voix… C'était cela qui frappait aussi Clara. Bien sûr il avait changé, grandi et forci, des traces de barbe couraient sur son visage carré, sa stature était impressionnante. Si elle retrouvait encore aisément certains traits de l'enfant qui n'était pas un homme chez ce jeune homme qui n'était plus un enfant, en revanche, la voix s'était transformée, basse, profonde, voilée, avec du rauque par moments. Autrefois, il parlait comme un adulte, mais sans cette gravité dans la voix. Aujourd'hui, on aurait pu dire que tout était en place.

– Non, rassurez-vous, reprit-il, j'ai deviné, c'est tout. C'est une des nombreuses facultés qui me restent de mes « surdons ». Je vois des choses que d'autres ignorent.

Cela ne suffisait pas à Clara, il l'avait senti. Aussi avait-il pris un ton d'excuse. Elle se détendit.

– Bon, bon, fit-elle, légèrement rassurée. Écoutez, il y a un coffee shop au coin de l'immeuble, en sortant du hall. Je vous y rejoins dans quelques minutes.

Il sortit. Elle décrocha un téléphone, composa un numéro.

– Giovanni ? C'est Clara. Je sais que tu m'attends avec les autres pour dîner, mais je ne pourrai pas venir, dînez sans moi. Tu m'excuseras auprès de Peter, et auprès des autres, bien sûr. On se retrouve demain matin à l'aéroport.

Elle entreprit de se remaquiller. Mais pas un maquillage pour la scène, en vue d'une représentation. Elle choisit d'autres couleurs, un autre fard, d'autres teintes, celles dont une femme dispose pour aller dans la vie réelle.

20

À Lucerne, sur le banc, ils s'étaient parlé en français et avaient eu recours aussi bien au « tu » qu'au « vous ». À Boston, ils parlent en anglais, et le « *you* » de cette langue lui convient. Elle aurait eu de la gêne, pense-t-elle, à tutoyer le grand jeune homme de vingt-deux ans qui lui fait face, elle assise sur la banquette du coffee shop, lui sur une chaise de l'autre côté de la table en formica sur laquelle sont posés deux pots de ce café chaud, sans aucune saveur, couleur beigeasse, tel qu'on le sert dans toute l'Amérique.

Elle éprouve la sensation de se trouver à la fois devant un étranger et un être qui lui est très familier, intime. Ça n'est pas déplaisant, mais elle cherche le ton juste et craint de ne pas être naturelle, de jouer la comédie – puisque, entre adultes, pense-t-elle, on joue souvent une manière de comédie, ce qui n'était pas le cas avec l'enfant sur le banc. Elle dit :

– J'ai appris un jour presque par hasard – en lisant un vieux magazine – ce qui était arrivé pendant votre enfance.

– Je n'ai jamais été capable de vous le raconter.

– Pourquoi ?

– C'était trop violent, un traumatisme, j'aurais éclaté en sanglots. Et puis je voulais tellement être un homme face à vous.

– Vous étiez, lui dit-elle, incroyable... Je n'avais jamais rencontré un garçon comme vous.

Ils se remémorent leurs dialogues. Il l'interroge sur son expérience à Londres, son combat pour parvenir au statut de soliste. Elle apprend qu'il termine des études à l'université de Harvard, qu'il a été nommé à la tête du conseil de famille Herzeghoern. Les anciens attendent de lui qu'il gère tout le patrimoine, il refuse de rentrer à Munich.

– Je ne me sens ni allemand, ni suisse, ni américain. Je n'appartiens pas à cette histoire, cette famille, ce passé.

– Qu'allez-vous faire de vous ?

– Je n'ai aucun projet et j'en ai mille. Je veux voir le monde. Je ne sais rien du monde.

– Alors, toujours les questions, toujours les pourquoi ?

– Je n'ai pas tellement changé. Sans doute un peu

moins doué, mais toujours convaincu que ceux qui interrogent sont les vrais vivants.

Un temps.

– Et qui agissent, après s'être interrogés. Même s'ils n'ont trouvé aucune réponse.

Il baisse les yeux, puis les relève, joue avec sa tasse de café, la regarde.

– Je ne suis pas ici ce soir par hasard. Il y a déjà quelque temps que j'ai retrouvé votre trace, suivi le calendrier de vos concerts et les étapes de votre carrière. Quand j'ai su que vous vous produisiez à Boston, j'ai pensé que c'était un rendez-vous évident.

– Mais je n'avais pas rendez-vous avec vous, Franz.

– Bien sûr que si, Clara. Tu ne le savais pas, mais tu le sais.

Il s'est mis à la tutoyer, en français. Elle a hésité, puis elle l'a suivi :

– Que veux-tu dire ?

– J'ai souvent pensé à toi. J'avais le souvenir d'une très belle jeune femme de vingt ans, au cœur brisé. Je l'aimais sans la désirer tout en la désirant, puisque je n'avais pas la capacité d'aller au-delà de ce désir, et pourtant je peux te le dire, je rêvais de toi. À douze ans, tu me l'as assez seriné, on est un enfant, n'est-ce pas, on n'est pas construit comme un homme, et tu me l'as assez dit, mais on n'est pas à l'abri des rêves – ni de la manière dont on satisfait ces rêves. Du désir qui se dissimule et qu'on finit par assouvir, seul, la nuit. J'avais le souvenir d'une jeune femme inaccessible. Je me retrouve face à une très belle femme de trente ans.

– Et « accessible », c'est ça que tu veux dire ?

– Non, c'est toi qui viens de prononcer le mot, pas moi.

Elle a rougi. Elle ne maîtrise pas entièrement, depuis qu'elle est entrée dans le coffee shop et qu'il s'est levé pour l'accueillir en souriant, l'attitude qu'elle doit adopter vis-à-vis de Franz. Elle s'est demandé pourquoi elle avait si rapidement décidé d'appeler Giovanni pour annuler le dîner avec les musiciens du quintette. Qu'est-ce qui l'a poussée si spontanément à libérer sa soirée ? Bien entendu, la curiosité, le surgissement du passé : qu'êtes-vous devenu, qu'as-tu fait, comment as-tu grandi ? – bien entendu, il y a tout cela. Mais Clara sent aussi que cette « émotion » dont parlait Franz lorsqu'il était assis à ses côtés sur le banc, parce qu'il ne voulait pas utiliser un autre mot, l'a atteinte dès qu'elle a reconnu l'homme qu'il est devenu. Elle a eu des gestes de coquetterie, une moue, des mouvements de séduction involontaire, les mains qui s'agitent sans raison, des silences, les yeux qui fuient et reviennent vers les yeux de l'autre.

– Peut-être, mais nous n'avions pas rendez-vous.

– Si, dit Franz. Ne me dis pas que tu n'as jamais réfléchi à la proposition que je t'avais faite.

– Peut-être.

Ils semblent décidés à conserver le tutoiement en français – ainsi les quelques consommateurs des tables voisines ne peuvent pas comprendre ce qu'ils se disent. Cela signifie aussi qu'ils ont recréé l'intimité de leur dialogue d'autrefois.

Franz :

– Laisse-moi te poser une question : as-tu quelqu'un dans ta vie ?

– Non. Enfin, oui et non.

– Ça veut dire que tu n'es pas totalement attachée à cet homme, le chef, il n'y a pas de contrat entre vous.

À nouveau chez elle, surgit l'irritation, un froissement de vanité.

– De quoi parles-tu ? Que sais-tu de ma vie, Franz ?

– Rien, je devine, c'est tout.

– Et tu devines quoi ? À qui as-tu parlé ? Qu'est-ce que tu as lu dans la presse ? Qu'est-ce qu'on t'a dit ?

– On ne m'a rien dit, j'ai simplement imaginé : les seuls hommes qui ont compté pour toi, ton père, Luca, plus âgé que toi, et, j'imagine, ce chef d'orchestre célèbre, généreux, talentueux. Tu as toujours cherché un protecteur. C'est normal, c'est presque banal.

Elle a un rire impatient. Cette certitude, cette insolence, cette manière péremptoire de croire tout savoir et tout pressentir – décidément, il n'a pas changé. En fait, ça l'arrange qu'il ait commis cette faute de goût, ça lui permet d'un peu reprendre la main, d'oublier la séduction, d'établir un autre rapport, de se détacher de l'attraction qu'il était en train d'exercer sur elle.

– Mon pauvre Franz, mais qu'est-ce que tu sais des gens, et comment peux-tu te permettre de les juger comme ça ?

– Pardon, j'ai dit une vraie bêtise.

Il veut tendre sa main vers la sienne, elle ne la retire pas. Jusqu'ici, il n'avait pas esquissé le moindre geste, pas même un baiser sur les joues, signe de retrouvailles. Il murmure :

– Tu m'as souvent pris la main, face au lac. Tu as souvent posé ta main sur mon bras.

– Franz, je t'en prie, tu étais un enfant.

Il retire sa main pour reculer sur sa chaise. Son

corps est libre, il ne dégage aucune tension, aucune parodie, aucune comédie. Franz ne porte pas de masque.

– Précisément, je ne le suis plus. Huit ans de différence aujourd'hui, ça ne veut rien dire entre un homme et une femme, entre deux personnes.

Elle savait qu'il en arriverait là. Elle l'attendait. L'a-t-elle souhaité ?

– Et toi, dit-elle, il y a quelqu'un dans ta vie ?

Il fait une grimace de dérision vis-à-vis de lui-même.

– Si tu veux tout savoir, ça ne s'est jamais, jamais bien passé.

– Tu veux dire...

– Oui, je veux dire physiquement, oui, avec personne. Si tu veux tout savoir, je n'ai jamais véritablement eu ce que l'on peut appeler une satisfaction amoureuse. Du faux-semblant, des mensonges, parfois même l'impossibilité de passer à l'acte.

– Pourquoi ? L'horreur de ce qu'ont fait tes parents ?

– Je ne sais pas. Peut-être que j'attendais de te revoir.

Elle proteste. Il est trop direct, trop transparent, trop franc. Mais il a toujours été ainsi. Elle croit entendre Franz auprès du lac. Les jeux ne sont plus les mêmes. Alors, elle retourne à l'anglais – au « *you* », à la distanciation.

– *You are being silly*. Vous dites des bêtises.

– Mais si, mais si, Clara, pourquoi pas ? Combien de temps restes-tu à Boston ?

Elle tend le poignet pour regarder sa montre, c'est un geste de diversion.

– On part demain pour Chicago, tous ensemble, pour jouer le soir même. Beethoven, Brahms.

– Avec tout un orchestre ?

– Oui.

Et soudain, les larmes lui viennent aux yeux. Elle ignore la raison. Elle sait qu'il ne faudrait pas grand-chose pour que s'effondrent ses défenses, comme si toute l'intensité de ce concert, la difficulté d'avoir tenu le premier rang sous la domination du talent du clarinettiste, la gaffe de l'alto et la culpabilité dont elle s'est chargée en croyant que tout était de sa faute, cette violente frustration intérieure, c'est moi, c'est moi, ce sont mes imperfections – comme si cette présence invisible qui l'a perturbée à la troisième variation, tous ces remords que l'on ne contrôle pas et qui ont dérangé ce qu'elle avait imaginé être une soirée immaculée, avec elle comme star, comme si la surprise et le choc qu'elle avait refusé de considérer comme un choc mais cela en avait été un, de l'apparition de Franz, grande masse noire aux yeux étranges qui s'encadre dans une porte – comme si tout cela tombait sur elle. Et faisait revenir toutes choses : son arrivisme, et ses calculs, et ses manœuvres, et sa volonté, sa lutte incessante pour gravir les marches de la ziggourat, les horaires des tournées, les calendriers chargés, les avions et les trains, la cour qu'il faut faire et à qui il faut la faire, les façades et la comédie sociale, le travail épuisant, les succès et les échecs, les amours provisoires et les amours ratées, comme si tout cela devenait absurde, humiliant, comme si la simple présence de ce jeune homme qui venait de lui avouer calmement qu'il avait autrefois assouvi, seul, la nuit, son désir pour elle – comme si tout cela ne pouvait se terminer ou se résoudre que dans une larme, seule issue face à sa difficulté d'être, seule solution pour ne pas encore franchir un seuil qui l'attire mais lui fait peur.

Elle pleure, en effet – mais pas longtemps. Il se lève, contourne la table et la prend dans ses bras. Elle laisse faire. Du temps passe. Elle se reprend.

– Il faut me pardonner, dit-elle, mais je suis sous le coup d'une fatigue immense. Il faut que je rentre à l'hôtel.

– Je vous accompagne, lui dit-il.

– Si vous voulez.

Elle semble avoir du mal à se dégager de la banquette du coffee shop. Une curieuse impression d'être presque paralysée, les jambes répondent à peine. Franz la prend par le bras et l'escorte à petits pas comptés, mesurés, comme s'il aidait une invalide. Il s'empare de l'étui noir du violon qu'elle avait gardé auprès d'elle, sur la banquette. Ils sortent dans la nuit. Elle s'immobilise et dit :

– Excusez-moi, je dois rentrer un instant, j'ai oublié de faire quelque chose.

– Vous voulez que je vous accompagne ?

– Non, je n'en ai pas pour longtemps, ça va aller.

– Très bien, je garde votre étui.

La serveuse du coffee shop, en la voyant pénétrer dans la salle, lui dit sans agressivité :

– On ferme dans un quart d'heure.

Clara se dirige vers les toilettes, pousse la porte et va droit aux lavabos et aux miroirs. Elle se regarde. Elle pose la mince pochette de cuir qui renferme des clés, un peu d'argent, quelques accessoires de maquillage. Elle s'approche le plus près possible du miroir, jusqu'à ce que son ventre s'enfonce dans le rebord du lavabo, ça lui fait une sensation de froid, mais ça la maintient debout, sinon elle craindrait de s'effondrer sur le sol. Elle a déjà connu de telles défaillances. La plupart du temps, cela se produit après les concerts ou à la fin d'une trop longue séance de répétition. Son médecin attribue ces états à une perte d'énergie, à de l'hypoglycémie. Il lui a dit : « Vous vous donnez tellement, il ne reste plus rien quand vous avez terminé, vous êtes dépensée, exténuée. »

Et comme ce praticien possède un semblant de psychologie, il a ajouté : « Peut-être poussez-vous trop loin le culte de votre art. »

Elle a répondu : « Non, ça me donne de l'orgueil, et ça, on n'en a jamais trop. »

Mais, devant la glace du coffee shop, Clara sait très bien que, ce soir, c'est l'apparition de Franz qui l'a « dépensée », qui est venue bouleverser ce qu'elle croyait être l'ordonnancement de sa vie. Elle extrait un poudrier, petite boîte noire en plastique, et le pinceau qui va avec, un tube de brillant coloré pour les lèvres, une minuscule brosse à cheveux, du mascara avec une brossette ronde. Elle dispose les objets sur la surface plate et blanchâtre du lavabo, puis contemple à nouveau son visage.

Regarde-toi, se dit-elle, tu as pleuré, comme tu es moche, ma pauvre fille ! Ça a coulé sur les joues, il faut refaire tes cils, te repoudrer, mais surtout, lave-toi, nettoie tout, essaye, enfin ! d'approcher un homme dans la vérité. Pourquoi as-tu pleuré ? Pour tes défauts ? Cesse d'en être consciente, renonce un peu, veux-tu ?

Elle accomplit les gestes qui soulignent cette aura qu'on lui a si souvent prêtée, mais à laquelle elle ne croit pas. Penchée vers le miroir, le bas-ventre contre la paroi du lavabo, Clara sent comme une envie d'être possédée et de posséder. Elle se sourit à elle-même. Pour la première fois depuis longtemps, le visage que lui renvoie le miroir des toilettes du coffee shop ne lui déplaît pas trop. Elle extrait un dernier objet de la pochette de cuir, une boîte métallique contenant des Altoid, petites pastilles de peppermint qui vous font la bouche et l'haleine fraîches. Elle en glisse une ou deux sous sa langue et ce geste sans signification la rassure.

21

Dehors, Franz a posé l'étui à violon sur les dalles du trottoir, à côté de la porte d'entrée du coffee shop. Il aime l'idée qu'à ses pieds, enfermé dans cette boîte noire à la forme si aisément reconnaissable, repose ce petit instrument fragile en bois d'érable ou d'épicéa, avec lequel Clara, tout à l'heure, a offert de la beauté aux spectateurs, grâce à quoi il s'est senti en harmonie avec l'existence.

Il ne l'avait jamais vue ou entendue jouer. Elle ne l'a pas déçu. Il lève les yeux vers le ciel dépourvu d'étoiles, chargé d'une sorte de brume jaunâtre, signe avant-coureur d'une prochaine neige, peut-être. Ça lui convient parfaitement d'attendre ainsi la jeune femme dans le froid. Il découvre que c'est agréable de ne penser à rien d'autre qu'à ce violon et à celle qui sait si bien s'en servir. Il y a longtemps qu'il n'a pas éprouvé une telle paix intérieure. Il pense à Lunax.

Pendant un semestre, alors qu'il avait dix-huit ans et qu'il était en première année à Harvard, Franz avait correspondu avec une jeune surdouée comme lui, Anna-Bethana, qui se faisait appeler Lunax. Il avait découvert son site sur Internet. Elle y déclarait que rien ne pourrait briser la solitude d'un surdoué, rien sinon l'association avec d'autres « monstres » comme elle. Franz avait commencé à correspondre avec elle en précisant, dès son premier message : « Nous ne sommes pas des monstres. Tu commets une énorme erreur. »

Le site de Lunax était l'un des plus fréquentés de tous les sites utilisés par cette communauté réduite, mais très active, de jeunes gens au QI surdéveloppé qui croisaient en permanence leurs idées, rêves, découvertes, colères et fantasmes à travers l'espace électronique américain. Lunax avait vite distingué la personnalité de Franz au milieu de tous les internautes qui, d'une certaine manière, lui faisaient une cour virtuelle. Elle décida de livrer son adresse personnelle afin de réduire son dialogue au seul contact avec Franz. Des photos avaient été échangées. Anna-Bethana vivait dans l'Utah. Elle était blonde et plutôt jolie, elle portait sur son visage une cicatrice en forme de z, souvenir d'un combat avec un jeune lion de montagne qui, expliquait-elle dans son mail, l'avait attaquée au cours d'une randonnée dans les contreforts du King's Peak, en pleine Wasatch-Cache National Forest.

– Je ne crois pas un mot de ce que tu racontes, avait répondu Franz. Les *mountain lions* n'attaquent pas les humains.

– Peut-être, mais je ne suis pas un « humain », disait Lunax.

– Dis-moi la vérité, c'est toi qui t'es balafrée quand tu étais plus jeune. Je connais ces tentations d'automutilation. Tu es une mythomane.

– J'espère que tu plaisantes, avait-elle répondu.

– J'aimerais bien voir à quoi elle ressemble, ta forêt, avait répliqué Franz.

Ils avaient fini par converser au téléphone. Lunax était insolite, elle parlait à une vitesse sidérante et parfois incompréhensible. Elle avait invité Franz à venir passer un week-end chez ses parents, à Provo, où elle étudiait le piano, le chinois, les sciences politiques, les mathématiques et la mise en scène de cinéma. Franz s'était retrouvé, un vendredi soir, à l'aéroport de Logan, à Boston, son billet d'avion pour Salt Lake City entre les mains. (Provo n'étant pas loin de la capitale, Lunax avait proposé de venir le chercher à son arrivée à Salt Lake.) Devant le comptoir d'OutWestern Airlines, d'un seul coup, dans une sorte d'élan instinctif, alors que l'on commençait à appeler les passagers pour l'embarquement, Franz avait pris la décision de ne pas partir : « Je ne monterai pas dans cet avion. »

C'était lumineux, soudain : il refusait d'aller à la rencontre d'un « monstre ». Que pouvait lui apporter Lunax ? Il connaissait assez, pour les vivre lui-même, les difficultés de leur condition : ne pas être comme les autres. Il ne voulait pas s'enfermer dans ce piège. En outre, mû par une intuition qu'il n'avait pas tenté de comprendre, il avait pressenti que le vol OW 617, Boston-Salt Lake, n'arriverait pas à destination. Il n'en fut rien. Lorsqu'il rentra sur le campus, il attendit une partie de la nuit pour vérifier s'il était arrivé quelque chose à ce vol. Il ne s'était rien passé d'anormal. L'avion avait décollé, puis atterri sans problème, à l'heure prévue. Il se dit : « Si j'étais monté à bord, l'avion se serait écrasé. »

Puis il prit le parti de rire de ses peurs et de cette mésaventure, mais cessa toute relation avec Lunax et décida de se conformer, tant bien que mal, aux rites et normes de la vie universitaire. Dans son esprit, toujours, demeurait l'idée qu'un danger inattendu pouvait, à tout moment, venir briser le cours des choses. À dater de ce jour, Franz avait observé, dans ses voyages, ses choix, jusqu'à sa propre façon de marcher, une sorte de prudence, une recherche d'équilibre.

Alors, il avait pensé à Clara. À vrai dire, de Lucerne à Munich, puis de Munich aux États-Unis, au cours de ses déplacements et tout au long de son passage à l'âge adulte, il n'avait rien oublié de la jeune femme. Il commença de rechercher sa trace et suivit, d'année en année, sa carrière, les critiques favorables ou mitigées dont la violoniste était l'objet et il pensa qu'un jour, il retrouverait celle qui avait été son « premier amour ». Il n'était pas pressé, ne tentait pas d'entrer en contact avec elle. Son heure viendrait, une occasion. Il croyait que tout ce qui doit nous arriver arrive à un moment que nous ne sommes jamais en mesure de déterminer.

Maintenant, debout dans le froid de la nuit de Boston, Franz attend Clara, l'esprit confiant. Il découvre que cette attente constitue le comble du bonheur. Pour lui, à cet instant précis, la vie est devenue limpide. Clara sort du coffee-shop.

– Voilà, pardon d'avoir été aussi longue.
– Tout va bien, lui dit Franz.
Il la dévisage.
– Tu es vraiment belle.
Elle sourit.

22

Il fait de plus en plus froid. L'hôtel est assez proche, mais, comme Clara constate qu'elle est incapable de marcher jusqu'à l'hôtel, Franz hèle un taxi.

Une brève discussion s'amorce avec le chauffeur. Il ne comprend pas pourquoi il accepterait une course aussi courte. Franz lui suggère de redescendre puis de remonter Huntington Avenue, et puis Massachusetts Avenue, ainsi, la course aura un sens. Le chauffeur de taxi, un vieux Bostonien au fort accent de la région, rigole :

– Comme vous voudrez, mon vieux, si ça vous va, ça me va. On peut aussi faire tout le tour de la ville tant que vous y êtes.

Franz répond :

– Ah oui, c'est une très bonne idée, faites ça, faisons le tour entier de la ville.

– Vous êtes sérieux ?

– Bien sûr, faites ça.

Dans le taxi, elle a posé sa tête sur son épaule. C'est Franz qui parle :

– J'ai eu beaucoup de mal à grandir. Avoir l'intelligence d'un adulte dans un corps d'enfant, je ne t'ai jamais vraiment décrit les épreuves que cela engendre. Une des caractéristiques de ceux qui ont un QI très développé – et j'avais des scores de 160 à 174, ce qui, selon les spécialistes du pensionnat, me situait dans une catégorie rarissime –, c'est une espèce d'allergie aux autres enfants. Pourquoi crois-tu que je t'aie cherchée dans ta solitude sur le banc ? En grandissant, l'isolement devient de plus en plus fort. Nombreux parmi les surdoués sont ceux qui dépriment alors. Le suicide n'est pas loin. On laisse des morts sur la route. J'ai eu des difficultés à passer l'obstacle. Je ne suis pas immunisé.

Clara :

– Parfois, en t'écoutant, je pensais que tu possédais la sagesse d'un vieil homme et puis, dans la seconde qui suivait, tu redevenais un enfant. Je n'ai jamais tout à fait réussi à te situer et je te prie de m'en excuser.

– Quand je suis arrivé à Harvard, je me suis plongé dans tout : les sciences, la biologie – beaucoup de biologie – mais aussi la finance, l'archéologie, l'informatique, la musique. J'ai eu du mal à trouver des amis parce que j'allais trop vite pour eux. Il a fallu que je ralentisse pour ne pas me marginaliser, il a fallu que je fasse un effort pour être un peu banal. Il y a eu une ou deux histoires sentimentales, mais je ne peux pas dire que j'aie réellement aimé l'une ou l'autre fille. Je ne peux pas dire qu'elles aient été très à l'aise avec moi. Je ne suis pas toujours habile avec les femmes.

Elle a un rire malicieux, coquet.

– Mais si, tu l'es avec moi depuis le moment où tu as frappé à la porte de ma loge. Très, très habile.

– Avec toi, ça n'est pas de l'habileté, je me sens libre.

Elle dit qu'elle n'a pas vu le temps passer :

– J'ai travaillé comme une folle. Comme les musiciens chinois : neuf à dix heures par jour. J'ai mieux compris ce qui, peut-être, explique mon caractère : je n'ai jamais eu de mère. Ça m'a frappée un jour, quand je fleurissais la tombe de mon père – comme une voix intérieure : et ta mère ? Cette inconnue qui est morte le jour de ma naissance, cette privation totale de douceur et de chaleur, je n'ai jamais su ce que c'était, une mère, je n'ai jamais crié « maman ». Je n'ai jamais été embrassée par la femme qui m'a donné la vie. Quand j'y pense, au moment où je te le dis, je me rends compte que tu n'as sans doute, pas plus que moi, connu ça. C'est peut-être la raison de notre affinité mystérieuse – puisque, je m'en souviens, tu parlais de mystère. Mais je n'ai pas fait le rapprochement. Je te l'avoue, je t'ai écarté de ma mémoire, obsédée par ce cliché de la page qui tourne – qu'il faut tourner : « Efface, et continue. » J'ai travaillé de façon déraisonnable, démente. Je n'ai pas vu la vie. Ah, pour l'avoir, la marque de la mentonnière sous la mâchoire, je l'ai eue ! Tu vois, là, tiens, prends ma main.

Elle dirige les doigts de Franz sur son visage. Il touche cet endroit où la peau d'un violoniste peut être marquée, dans le cou, côté gauche, sous la mâchoire. Il caresse cette peau qu'elle a si souvent couchée sur le violon, cette peau douce et lisse avec ce bout de chair dure, presque poreuse. Il souhaite l'embrasser, mais quelque chose le retient, il retire sa main. Elle la reprend et la repose à l'endroit de la marque.

Franz :

– C'est bon de pouvoir te caresser. J'osais à peine t'approcher, autrefois, tu étais intouchable. J'ai vraiment cru qu'il serait brisé, mon cœur, le lendemain de ton départ. J'ai commencé à sentir la fêlure dont tu m'avais parlé, cette chose qui fait mal dans la poitrine. Alors, j'ai décidé de ne plus revenir près du lac. J'ai changé de pays. J'ai fait un nombre incroyable d'études, dans tellement de domaines qu'aujourd'hui je pourrais aussi bien devenir médecin, chercheur, que banquier ou prof d'histoire !

– Eh bien, que vas-tu faire de toi ?

– Et toi ?

– Moi, je n'ai pas encore atteint le stade où mon travail a réussi à effacer toute trace de travail.

Amère, la voix basse, elle avoue :

– Je sais très bien qu'il existe une autre dimension mais je n'arrive pas à y accéder.

– C'est cela qui te crispe quand tu joues ?

– Comment l'as-tu remarqué ?

– Mais je t'ai regardée, Clara, et je t'ai plus regardée que je ne t'ai écoutée. Je n'ai fait que cela, j'ai pensé que tu allais y arriver, que tu n'étais pas encore tout à fait en état de grâce.

– Non, non, je ne le suis jamais.

Un semblant de larme revient dans ses yeux.

– Jamais ! Je ne sais pas ce que c'est que la grâce.

– Arrête, tu y arriveras.

Il la serre contre sa poitrine, son bras autour de l'épaule. Il chuchote :

– Tu l'as tellement la grâce, c'est une honte de ne pas l'admettre. Tu la portes avec toi, tu es belle, je pouvais tout lire sur ton front penché et sur tes doigts. Je pouvais lire ta solitude, le poids de ton passé, ton travail si courageux, ton choix, et le résultat de ce choix.

Il y a des silences. Le taxi roule dans la nuit. On passe devant des hauts immeubles tout en verre et en acier, avec les étages de bureaux vides et illuminés, et, parfois, une mince silhouette, peut-être quelque gardien en train de faire sa ronde dans ces lieux d'argent vides de toute présence humaine. On traverse aussi des quartiers déshérités, des espaces sinistres, on s'arrête aux feux de circulation, il n'y a pas grand monde dans les rues. Franz reprend :

– Tu mérites tellement qu'on t'aime. Ne proteste pas, je reprends mon discours d'autrefois, c'est cela ?

Le taxi a fait un long circuit à travers la ville. Il a remonté plusieurs fois Huntington, Massachusetts, Beverley Street, et il s'est volontairement égaré dans plusieurs avenues avant de retrouver le centre. Ils n'ont rien suivi de son itinéraire.

Franz :

– Eh bien, oui, je n'ai pas changé. Je suis armé de dons, mais aussi vulnérable, malgré mon apparence physique – ah oui, bien sûr, je suis costaud et je fais du sport, de la musculation, et j'ai grandi, oui c'est ça, j'ai forci, j'ai mué, je suis un beau garçon, c'est ça ? Mais je n'ai rien perdu de mon enfance, rien de rien. Et surtout pas le besoin d'aimer et d'être aimé.

Elle se souvient du jour où, le voyant courir en s'éloignant du banc et du lac, elle avait souhaité qu'il ne lui arrive aucun malheur. Elle prend conscience que Franz appartient à cette sorte d'êtres dont on craint qu'ils ne fassent que passer dans une existence. Elle dit :

– Tu mérites d'être heureux.

– Ça n'est pas aussi difficile que ça.

Elle reprend sa question :

– Que veux-tu faire de toi-même ?

– Ce que tu voudras faire de moi.

Le taxi finit par les déposer à destination. Lorsqu'elle descend du véhicule, Clara sent à nouveau ses jambes, son corps, de la vivacité dans ses bras, sa poitrine, ses hanches. Le froid fouette son visage, elle en sourit et se retourne vers Franz qui lui rend le même sourire. Ils sont parvenus à ce moment où l'incertitude fait place à l'envie, à l'espoir, à une allégresse muette. Lorsqu'ils pénètrent dans l'hôtel, ils ont l'air d'un couple.

23

L'hôtel Brixton, trois étoiles, membre de la chaîne Wolcott, situé dans West Newton Street, pas très loin de Massachusetts Avenue où se trouve le Symphony Hall, est un immeuble de dix étages en pierre locale, couleur brune. Le hall d'entrée, la nuit, est faiblement éclairé par des lampes basses aux abat-jour vert foncé posées sur des tables rondes en acajou. Le réceptionniste de nuit s'appelle Lawrence. Son prénom est inscrit sur un badge en plastique qu'il porte au revers de la veste de son uniforme grenat à boutons dorés. Il a la peau noire. C'est un homme aimable et silencieux.

La chambre 484, au quatrième étage, aile droite, est une chambre d'angle. Clara s'est tenue devant la porte et a tendu la clé à Franz. C'est une de ces cartes magnétiques qu'il faut glisser rapidement de haut en bas dans la fente d'une sorte de protubérance métallique afin qu'une petite lumière verte s'allume indiquant que la porte est déverrouillée. Habituellement, Clara doit s'y prendre à plusieurs reprises pour parvenir à ouvrir la porte. Ça l'exaspère, il lui est même arrivé de ne pouvoir le faire. Souvent, elle a été obligée de redescendre à la réception pour demander qu'on vienne l'aider. Franz réussit du premier coup. Elle lui fait signe d'entrer. Il a eu une mimique muette, voulant dire, tu es sûre que je peux, elle a eu une autre mimique, un sourire engageant et tranquille, oui, tu peux entrer, bien sûr. Il s'est effacé derrière elle.

Depuis l'une des fenêtres, on peut voir une cour intérieure joliment éclairée par des projecteurs dissimulés sous des bosquets et des arbustes. Il y a un petit bassin d'eau au centre de la cour, du gravier gris et blanc.

On ne peut pas savoir s'ils vont faire l'amour. Et s'ils le font, on ne pourrait dire si cela se renouvellera plusieurs fois dans la nuit. Il se pourrait qu'il ne se passe rien entre eux. Mais il est permis d'en douter.

En amour, il se passe forcément quelque chose.

Or, entre ces deux êtres, il y a eu de l'amour, il y a de l'amour.

La curiosité qu'ils ont l'un de l'autre, la tendresse qui les recouvre insensiblement par vagues successives, la sensualité qui l'emporte sur la pudeur, ce qui les a fait se rejoindre sans qu'ils aient à trop l'exprimer – le silence qui triomphe sur les mots –, le besoin qu'il a d'elle comme d'une amante, comme d'une mère, le besoin qu'elle a de lui comme d'un amant, comme le premier rejet du père qu'elle s'est toujours cherché, ce qui fait que leur différence d'âge devient un atout et non plus un obstacle. Ce qui était « impossible » il y a dix ans est tellement possible aujourd'hui que l'on peut, sans risque, faire ce pari : ils vont s'aimer.

Sinon, ils ne seraient rien. Sans amour, on n'est rien du tout.

J'ai refermé mon livre et j'ai regardé à nouveau l'espace entre le rideau d'arbres au-delà de la maison et la baie vitrée derrière laquelle je lisais. Je n'ai pas vu réapparaître le papillon. Ce n'est peut-être plus son heure, le soir va tomber et bientôt vont surgir des vols d'oiseaux rapides, évoluant bas au ras des herbes et des eaux. Ce sont des fauvettes, ou des martinets, parfois des chardonnerets, parfois des pies-grièches. Je sais que leur passage signifie qu'il pleuvra bientôt. C'est un instant que je chéris, le nombre des années n'y changera rien, j'aime ce vacillement du jour qui fait place à l'arrivée de la nuit. Et puis, je sais ce que j'attends, je sais ce que j'entends.

Il est dix-huit heures. Je dois préparer ma valise pour partir demain, très tôt, pour un prochain concert. On dit de moi, désormais, que je suis enfin devenue une grande virtuose. Ça y est, elle y est arrivée, écrivent-ils. Il m'a fallu beaucoup de temps pour obtenir cette reconnaissance, mais je peux, précisément, déterminer le moment et l'homme qui m'ont permis de libérer mon talent, de trouver la clé. Je voyage mais je m'organise pour revenir constamment dans ma maison au bord de l'eau, au milieu des arbres, puisque c'est là que j'entends la plus belle musique du monde.

J'entends le crissement de pas d'enfant sur les cailloux de l'allée. Les pas deviennent plus rapides. Dans mon dos, le bruit de la porte d'entrée qui s'ouvre, le bruit de mon bonheur, la chanson de la vie, les petits pas joyeux qui s'accélèrent vers moi. Ils sonnent : *tap-tap-tap-tap*, et cela me fait toujours, toujours, toujours penser au rythme que j'imaginais, lorsque, m'ayant laissée sur le banc près du lac, le garçon en uniforme bleu courait sur les lattes de bois du pont couvert à Lucerne. Ce sont les pas de l'enfant que Franz m'a fait, quelque temps avant sa mort.

REMERCIEMENTS

À Renaud Capuçon, Baïba Skride, Paul Meyer, Gautier Capuçon, Aki Saulière, Béatrice Muthelet.

À Claudio Abbado et Renée Fleming.

DU MÊME AUTEUR

Aux Éditions Albin Michel

TOMBER SEPT FOIS, SE RELEVER HUIT (Folio).

Aux Éditions Gallimard

UN AMÉRICAIN PEU TRANQUILLE (Folio).
DES FEUX MAL ÉTEINTS (Folio).
DES BATEAUX DANS LA NUIT (Folio).
LE PETIT GARÇON (Folio).
QUINZE ANS (Folio).
L'ÉTUDIANT ÉTRANGER (Folio).
UN ÉTÉ DANS L'OUEST (Folio).
UN DÉBUT À PARIS (Folio).
LA TRAVERSÉE (Folio).
RENDEZ-VOUS AU COLORADO (Folio).
MANUELLA (Folio).
JE CONNAIS GENS DE TOUTES SORTES (Folio).

Aux Éditions Denoël

TOUS CÉLÈBRES.

Aux Éditions Jean-Claude Lattès

CE N'EST QU'UN DÉBUT (avec Michèle Manceaux).

Aux Éditions Nil

LETTRES D'AMÉRIQUE (avec Olivier Barrot).

Composition IGS
Impression Bussière, avril 2006
Éditions Albin Michel
22, rue Huyghens, 75014 Paris
www.albin-michel.fr
ISBN : 2-226-17328-5
N° d'édition 24381 – N° d'impression 061534/4
Dépôt légal mai 2006
Imprimé en France.